KB126459

악마의 음악

OTHER VOICES

경우 勁雨 현대 판타지 장편소설

WISHBOOKS MODERN FANTASY STORY

악마의 음악 1

OTHER WORKS

경우勁雨 현대 판타지 장편소설

초판 1쇄 찍은 날 | 2018년 11월 5일
초판 1쇄 펴낸 날 | 2018년 11월 12일

지은이 | 경우
펴낸이 | 예경원

기획 | 위시북스
편집책임 | 이규재
편집 | 위시북스

펴낸곳 | 예원북스
등록번호 | 제396-2012-000132호
등록일자 | 2012. 7. 25
KFN | 제1-326호

주소 | 경기도 고양시 일산동구 호수로 646-24 위너스21II빌딩 206A호 (우)10401
전화 | 031-819-9431 팩스 | 031-817-9432
E-mail | yewonbooks@naver.com

ISBN 979-11-89564-47-6 04810
      979-11-89564-46-9 (set)

악마의 음악
OTHER VOICES
1
경우勁雨 현대 판타지 장편소설
WISHBOOKS MODERN FANTASY STORY
Wish Books

CONTENTS

악마의 이마학

OTHER VoltS

◈ Prologue ◈
천사가 되고픈 악마

이 이야기는…….

천사가 되고 싶은 악마, 대 후작 가마긴과 노래를 사랑하는
소년, 건이의 대서사시.

예술로 사람들에게 행복을 주고자 하는 가마긴과 휘하의
수많은 악마, 천사들의 이야기.

꿈속의 뮤지션에게 음악을 배우고, 악마에게 받은 축복으
로 노래하는 건이의 인생에 함께 빠져 볼까요?

◈ 1장 ◈
첫 번째 만난 사자(死者)

　부산 동래구 온천동에는 두 개 동뿐인 초저가형 아파트였지만, 아직 개발이 진행되지 않아 다 쓰러져 가는 주택들 가운데 새로 지어졌다는 사실만으로 왠지 좋아 보이는 온천 아파트가 있었다.

　올해 결혼 5년 차인 부부 태우와 영하는 여느 신혼부부와 마찬가지로 행복한 나날을 보내고 있었다. 비록 월세의 아파트에 살고 있었지만, 둘 사이의 작은 결실인 아이들은 그들의 모든 것이었고, 꼬물꼬물 귀여웠던 아이는 어느새 건강한 개구쟁이 미운 네 살로 성장했다.

　"엄마, 엄마! 이거는 와이라노?"

"엄마, 엄마! 이거는 뭐라고 부르노?"

"엄마, 엄마! 나가서 띠 놀믄 안대나? 밖에 비 억수로 와서 수영장됐다!"

바가지 머리에 조금 넓적한 얼굴이지만 귀여움이 가득한 개구쟁이의 웃음을 가진 아이는 온종일 엄마를 불러댔다.

궁금한 것도 많고 하고 싶은 것도 많은 평범한 개구쟁이, 영하는 국자를 손에 들고 휘두르며 소리를 질렀다.

"김 건, 엄마가 요리할 때 얌전히 있으랬지! 그거 만지지 마, 안 돼! 얘는 밖에 비가 많이 와서 홍수가 났는데 어딜 나간다는 거야? 야! 튜브 안 내려놔?"

건은 바람이 가득 든 튜브를 허리에 끼고 현관문 고리를 잡고 있다가 시무룩하게 돌아섰다.

볼을 잔뜩 부풀리며 엄마를 바라봤지만, 무서운 눈을 부라리고 있는 엄마를 이길 수는 없는 노릇이었다. 하지만 미련을 버리지 못한 건은 창문을 열고 아래를 바라보았다.

총 12층의 아파트에서 8층에 사는 건은 1층의 반 이상이 물에 잠겨 여러 가지 물건이 떠다니는 아래를 보며 입맛을 다셨다.

"나가서 튜브 타고 놀면 재미있겠다……."

밖에선 소와 돼지들이 살려달라고 울부짖으며 떠내려가고 있었지만, 세상 물정 모르는 건은 동물과 함께 수영하며 놀고 싶은 마음뿐이었다.

철컥, 철컥.

열쇠로 현관문을 여는 소리가 들리자 창밖을 보던 건은 현관 앞으로 쪼르르 달려 나갔다.

"누구세요?"

모르는 사람이 열쇠로 문을 열 리가 없지만, 건은 눈을 동그랗게 뜨고 현관문이 열리길 기다렸다.

"아빠다!"

문을 열고 들어온 이는 건의 아빠 태우였다. 비를 잔뜩 맞았지만 잠시 외출한 것뿐이었는지 청색 우비를 입고 반바지에 슬리퍼 차림이었다. 태우는 작은 건을 내려다보며 우비를 벗었다.

"그래, 우리 건이. 강아지 쉐이도 아니고 방금 쓰레기 버리러 나갔다 왔는데도 반겨주네, 하이고마 내 새끼!"

태우는 다리를 붙잡고 매달린 건을 안아 올렸다.

"우리 아들, 밖에 몬나가서 우야노? 오늘은 아부지랑 집에서 놀아야겠네."

"음음…… 아빠 건이랑 놀아 줄라꼬? 뭐 하고 놀 낀데?"

"아빠랑 오랜만에 재믹스 한판 안 할래? 우리 아들내미 갤러그 실력 좀 늘었나?"

"좋다, 아빠 그라믄 내가 이기믄 아이스크림 사줄 끼가?"

배시시 웃으며 애교를 부리는 건을 안아 든 태우는 게임기를 켰다.

"하하하, 그래 대신에 아빠가 이기믄, 니가 아빠 다리 30분 주물러 주야 댄다 알겠제?"

"아라따, 하자!"

둘은 22인치 TV에 게임기를 연결하고는 그대로 게임에 빠져들었다.

태우는 와인 잔 장사를 하는 장사꾼이었다. 1.5톤 트럭으로 전국을 돌며 잔을 팔아 생계를 꾸렸다. 결혼할 때는 무일푼이었지만, 다행스럽게도 아내 영하는 한 달에 40만 원을 벌면 35만 원 이상을 저축할 만큼 억척스러웠고, 그런 생활력이 더 나은 미래를 꿈꿀 수 있게 해주었다.

태우는 술을 마시지 않고 도박도 하지 않는다. 담배는 좀 피우는 편이지만, 그 외에 시간이 남을 때 그가 하는 유일한 일탈은 동네 오락실에서 하는 게임이었다.

건이 세 살 되던 해, 장사를 끝내고 며칠 만에 집에 와서 옷을 갈아입고 바로 오락실로 향하다가 영하에게 걸려 네 시간이 넘는 잔소리를 들어야 했던 태우는 아들의 세 번째 생일에 재믹스 11이라는 최신형 게임기를 선물했다. 말하기는 건이의 생일 선물이라고 했지만 게임을 좋아하는 태우에게 아들의 생일은 좋은 핑곗거리였다.

태우의 의도가 어쨌든, 건은 장사 때문에 지방의 여인숙에서 자는 일이 많은 아빠와 좋아하는 게임을 할 수 있는 것이 마냥 행복했다.

비가 오면 밖에서 자리를 펴고 장사하는 아빠가 집에서 쉬기 때문에 자기와 잘 놀아주는 아빠와의 시간을 가질 수 있어 유난히 비 오는 날을 좋아하는 건이었다.

게임에 빠져 한참을 몰두하던 태우는 문득 고개를 돌려 부엌에 있는 영하에게 물었다.

"여보, 시화는 자는교?"

영하는 나란히 게임을 하는 닮은꼴 사내들을 보며 미소를 지었다.

"네, 아까 잠들었어요. 어젯밤에 열이 좀 나더니 오늘은 좀 내려서 다행이네요."

그 말을 들은 건은 잠시 게임 패드를 내려놓고 작은 방으로 뛰어갔다.

살며시 방문을 열고 까치 발로 살금살금 들어가 보니 각양각색의 동물 그림이 그려진 이불을 덮고 잠든 두 살 터울 동생인 시화가 보인다.

동생 시화는 이상하리만큼 건과 닮지 않았지만, 혈육의 정은 어쩔 수 없는지 건이 가장 소중하게 생각하는 여동생이었다.

"야는 왜 아프고 난리고……. 이불은 또 발로 다 차 삐고…… 와 개구리 엎어진 거처럼 자는 긴데?"

건은 시화가 깰까 소곤소곤 말하면서 시화가 발로 차 버린 이불을 다시 입가 근처까지 올려주었다.

"건아! 아부지 잠깐 나간데이, 니 나중에 아부지 다리 주물러야 댄데이, 푸하하!"

잠든 시화를 바라보던 건은 거실에서 들리는 태우의 목소리에 후다닥 밖으로 나갔다.

"아빠! 어디 가는데? 밖에 비 많이 온데이."

급히 신발을 신고 후다닥 뛰어나가던 태우가 돌아보며 말했다.

"아이다, 밖에 봐라. 좀 전에 그쳤다."

태우의 말을 들은 건은 창문 턱에 올라가 창을 열었다. 아직 흐렸지만, 분명히 비는 그쳤다. 다만 아직 비가 많이 고여 밖에 있는 어른들 무릎 근처까지 물이 차올라 있는 것이 보였다.

턱을 괴고 창밖을 보던 건의 눈에 어느새 1층에 나가 물을 헤치며 걷는 태우가 보였다.

한참 태우의 뒷모습을 보던 건이 영하에게 외쳤다.

"엄마, 아부지 또 오락실 간다!"

영하는 올해 29세의 젊은 아내였다. 그녀는 오 남매 중 넷째로 형제 중 유일한 여자였기에 오빠들의 사랑을 많이 받고 자랐다.

황해도에 살던 영하의 어머니는 6.25 전쟁이 발발하자 가족들과 피난을 내려오다 뿔뿔이 흩어졌고, 결국 피난길에 그녀의 남편을 잃어버렸다.

남편 없이 내려온 부산에서의 생활은 녹록하지 않았다. 결국, 생활고로 인해 부산에서 재혼한 영하의 어머니는 15년 뒤아주 늦은 나이에 영하와 막내 영걸을 낳았다.

영하와 스무 살 터울의 큰 오빠인 영돈은 영하를 딸처럼 아끼며 키웠고, 국민학교 교육도 받지 못한 그는 가족을 위해 돈을 벌어야 했기에, 어려서부터 보따리장수를 따라다니며 장사를 배웠다.

동생들을 건사하기 위해 팔도를 누비며 장사를 해야 했던영돈은 늦은 나이에 가정을 이루었고, 성격 좋고 푸짐한 외모의 아내를 만나 다섯의 남매를 낳았다. 워낙에 나이 차이가 크게 나서 영돈의 첫째 딸은 영하와 여섯 살 밖에 차이가 나지않았다.

영하는 부산에서 나고 자랐지만, 부산 사투리는 정이 가지 않았다. 그도 그럴 것이 집에 돌아오면 형제들은 북한 사투리를 썼기에, 안팎에서 서로 다른 사투리를 써야 했던 영하는 결국 표준어를 쓰기 위해 노력했고 고향이 부산임에도 불구하고 사투리를 쓰지 않는 특이한 여인이 되었다.

가난한 가정 형편 때문이었을까, 그녀는 항상 부잣집 아가씨를 동경했다. 하지만 그들이 먹고 쓰는 것을 부러워한 것이 아니라, 그들이 즐기는 문화생활을 부러워했다.

그래서인지 그녀 세대의 포크송 가수들보다는 Elvis Presley나, Beatles와 같은 외국 가수들의 노래를 듣고 스스로 수준 높은 귀를 가졌음을 과시하곤 했다.

그녀가 가장 좋아하는 시간은 얼마 전 미국에서 신부님이 된 셋째 오빠가 보내준 독일산 진공청소기로 바닥을 밀며, 음악을 듣는 시간이었다.

없는 살림이라 턴테이블을 살 순 없었지만, 얼마 전 태우가 사직구장에서 야구 경기를 관람하다, 시민 참여 이벤트의 당첨 경품으로 비싼 가격의 INKEL 전축을 받게 되어 LP로 음악을 들을 수 있게 되었다.

Love me tender, love me sweet.

(날 부드럽게 사랑해, 날 부드럽게 사랑해)

진공청소기의 시끄러운 소리에 반쯤은 묻혀 있었지만 Elvis Presley의 감미로운 목소리는 영하의 귓가에 부드럽게 울려 퍼졌다.

한번 음악에 빠진 엄마를 방해했다가는 불벼락이 떨어진다는 걸 알고 있던 건은 거실에 앉아 발을 까딱이며 음악에 귀를 기울였다.

영하의 이러한 취미는 건이가 세 살 되던 무렵부터 시작된 것이라 건이에게는 일상과도 같은 일이었다.

"이 아저씨 목소리는 언제 들어도 좋다. 지난번에 아빠가 들려줬던 짐 모리슨인가 하는 아저씨 목소리도 좀 우울하지만 멋졌는데, 이런 사람은 말하는 목소리도 좋겠지? 나도 좋은 목소리 갖고 싶다. 우움……."

건은 엘비스의 LP에 그려진 그의 얼굴을 보며 한 번쯤 만나 봤으면 좋겠다는 생각을 했다.

외국 사람이라 말은 통하지 않겠지만, 왠지 엘비스나 짐 모리슨을 만나면 그들과 같은 목소리로 노래할 수 있을 것 같다는 아이다운 생각을 한 것이다.

건은 엎드려서 달력을 꺼냈다. 그림 그리기를 좋아하는 건이지만, 검소하게 사는 집안 분위기에 스케치북을 사지는 못하고, 지나간 달력을 뜯어 뒷면에 그림을 그리곤 했다.

그나마 얼마 전, 엄마와 열 살 터울의 막내 사촌 누나인 윤정이 사준 4B연필 한 다스 덕에 그림 그리는 재미를 알아가는 건이었다.

건은 달력 오른쪽에 엘비스의 LP판을 놓고 왼쪽에는 짐 모리슨이 소속된 밴드인 The doors의 앨범을 놓았다. The doors의 앨범 표지에도 짐 모리슨의 사진이 있었던 것으로 보아 두 사람의 얼굴을 그리려는 듯했다.

네 살짜리의 그림답게, 달력 뒷면에 그려지는 그림은 삐뚤삐뚤 괴물에 가까운 형상이었지만, 짐 모리슨의 파마기 있는 장발과 엘비스의 길게 늘어진 구레나룻이 도드라지게 표현된 그림을 본 건은 만족스러운 웃음을 지으며 그대로 엎드린 채 잠이 들었다.

잠시 후 청소하던 영하의 움직임이 갑자기 멈췄다. 청소를 그만둔 것이 아니라 시간이 멈추었는지, 음악을 듣는 그녀의 표정도 주변의 먼지도 한 자리에 정지해 있었다.

여러 가지 색감이 가득했던 건의 집은 시간의 멈춤과 함께 회색과 검은빛으로만 이루어진 세상이 되었다.

엎드려 자고 있던 건의 등 위로 검은 석유 덩어리가 잔뜩 묻은 한 쌍의 발이 내려왔다.

"어리고 약한 생명이나, 성력(聖力)으로 가득한 아이야. 네가 원한다면 내가 그들과 만나게 해주마."

가마긴은 잠들어 있는 건을 내려다보며 턱을 쓸었다.

"별것 없는 아이로군. 얼굴도 그저 그렇고…… 음악과 미술에 재능이 있지만, 지능이 높은 건 아니군. 아, 키는 좀 크려나?"

엎드린 건의 머리를 슬며시 쓰다듬은 가마긴은 나직이 수하를 불렀다.

"파이몬."

순간, 건의 옆 바닥에 빛으로 이루어진 핏빛 원이 그려졌다. 저울 위에 네 명의 사람이 새겨진 문양이 그려지고 불길한 검은 빛이 터져 나왔다.

"오랜만입니다, 가마긴 각하."

살짝 고개를 숙여 보인 이는 거대한 양을 타고 금빛 왕관을 쓴 미소년이었다. 길게 기른 금발이 허리까지 내려왔고, 그가 타고 있는 양은 흉포해 보이는 눈빛 덕에 초식동물보다는 맹수에 가깝게 보였다.

72 악마 군주 중 9위의 자리를 차지하고 있는 파이몬은 페

이몬이라고도 불리며 200여 개의 커다란 악마 군단을 지휘하며 지옥의 서쪽을 통치하는 군주다. 본래 주천사였던 파이몬은 4 원소 중 불을 관장하는 정령의 왕이기도 했다. 그리고 예술과 과학 및 다양한 학문에 뛰어난 재주가 있었다.

"그래 오랜만이군. 루시퍼 님이 주최하셨던 살육의 밤 이후에 처음이니 3백 년만인가?"

가마긴은 살갑게 웃으며 그의 어깨를 두드렸다.

파이몬은 언제 보아도 자신에게 다정하게 대해주는 가마긴을 힐끗 보고는 미미한 미소를 지었다.

"예 각하, 여전히 성력(聖力)을 모으고 계신다는 소문은 들었습니다만…… 이곳은 인간계 아닙니까? 어찌 지옥의 대 후작께서 인간계에 머무르십니까? 각하께서 인간계에 악영향을 끼치는 일은 하지 않는다는 것을 아는 천계의 천사들이야 별말 없겠지만, 지옥에서는 반드시 문제시할 것입니다."

너털웃음을 지은 가마긴은 파이몬의 등을 가볍게 치며 말했다.

"허허, 그래 걱정해줘서 고맙구면. 하지만 그리 오래 머물지는 않을 테니 걱정 마시게."

파이몬은 고개를 갸웃하곤 주위를 둘러보며 말했다.

"그런데…… 이곳에는 왜 오신 겁니까? 저를 소환하시려면 꽤 많은 마력을 소모하셨을 텐데, 그만한 가치가 있는 일입니까?"

가마긴은 고개를 끄덕이며 말했다.

"음…… 그렇지. 자네도 알다시피 나는 성력(聖力)을 모으고 있다네. 예전에 내 수하들이 인간계의 정치인들에게 접근하여 성력(聖力)을 모으려 했던 것은 알고 있으리라 생각하네. 여러 군단을 지휘하려면 그 정도 정보력은 기본일 테니, 안 그런가?"

파이몬은 고개를 살짝 숙이며 말했다.

"물론입니다, 각하. 아! 오해는 마십시오. 각하를 감시하려는 의도는 아니었고 그저 들려오는 소식일 뿐이었습니다. 지옥의 호사가들이 떠들고 다니는 것 같더군요."

가마긴은 살짝 얼굴을 찡그리며 말했다.

"그래, 맞아. 음유시인이라 자칭하는 떠버리들 말이지. 그럼 결과가 어떤지도 들었겠군?"

파이몬은 잠시 당황했는지 우물쭈물했다.

"아…… 예. 각하…… 결과가 좋지 않았다는 이야기는 들었습니다."

가마긴은 살짝 미소를 띠며 말했다.

"후훗, 그래. 내 앞에서 이야기하기에는 좀 그렇겠지. 죽 쒀서 개 줬다는 이야기 들어보았겠지? 열심히 공부시키고 능력까지 부여하며 키워냈던 바른 정치인들이 마르바스의 꼬임에 넘어갔어.

임기 초기에 펼쳤던 정책으로 인한 성력(聖力)보다 유혹에 넘어간 이후에 펼친 악행 덕에 생긴 마력(魔力)이 배는 더 되었지. 결국, 마르바스에게만 좋은 일이 되어 버렸고 말이야."

파이몬은 조용히 고개만 끄덕였다.

가마긴은 양손을 모으며 말했다.

"그래서 말이네, 파이몬. 나는 이번에 음악으로 많은 인간에게 행복을 줄 수 있는 아이를 만들어 볼 생각이야. 많은 이가 그 음악을 듣고 행복해한다면 음악 자체가 마력(魔力)을 발생시키는 장르라 하여도 결국은 성력(聖力)이 되어 돌아올 것이 아닌가?"

파이몬은 살짝 고개를 갸우뚱하며 말했다.

"하지만 각하, 예술은 위험한 것입니다. 음악이라 하여도 그 음악을 듣고 자란 인간 중 인성이 뒤틀려 악행을 하는 일이 생기고, 각종 정신병으로 인해 자살하거나, 심할 경우 다른 인간을 해치는 인간도 있다는 것을 아시지 않습니까?"

가마긴은 고개를 깊숙이 끄덕였다.

"음, 자네 말도 맞아. 하지만 말일세, 인간계에서 활동했던 음악가들의 음악을 듣고 잘못된 선택을 하거나, 인성에 문제가 생기는 자는 극히 일부야. 그 수천 배에 달하는 인간들은 도리어 행복을 느낀다네. 아마 마력(魔力)보다는 성력(聖力) 쪽이 월등할 것이야."

파이몬은 잠시 아이를 내려다보며 생각에 잠겼다.

가마긴은 그런 파이몬을 바라보며 다시 그의 손을 잡고 말했다.

"파이몬, 나의 능력으로 이 아이에게 학문적 재능과 뛰어난 외모는 줄 수 있네. 하지만 자네의 아름다운 목소리는 줄 수 없지. 나의 아이에게 자네의 축복을 줄 수 없겠는가? 물론 자네가 대가로 받아야 할 영혼의 무게만큼 나의 마력(魔力)을 넘겨주지."

파이몬은 그런 가마긴을 보며 웃음을 터뜨렸다.

"하하, 그럼 제가 손해군요. 어차피 각하는 마력(魔力)을 소모하지 못해 안달이지 않으십니까?"

가마긴 역시 웃음을 터뜨렸다.

"하하하, 역시 대 군단의 통치자답군. 그래서 안 되겠는가?"

파이몬은 고개를 저으며 말했다.

"아닙니다, 드리죠. 하지만 조건이 있습니다."

가마긴은 살짝 긴장하며 파이몬을 보았다.

"무엇인가?"

"저도 지켜보게 해주십시오."

"무엇을? 이 아이 말인가?"

"예, 아이의 성장 과정과 아이 앞에 펼쳐질 미래, 아이가 짊어질 고통과 분노, 기쁨과 행복까지 모두 지켜볼 수 있게 해주십시오."

"그건 무엇 때문이지?"

"어차피 저에게만 부탁하실 것이 아니지 않습니까?"

"음?"

파이몬은 씨익 웃으며 말했다.

"단지 노래를 잘하는 아이로 키우시렵니까? 제가 드릴 수 있는 능력은 아름다운 목소리뿐입니다. 다른 군주들의 도움도 받으신다면 마력(魔力)도 소모하시고, 이 아이에게도 더 큰 능력을 주실 수 있을 것입니다. 여럿의 악마 군주에게 축복을 받았지만 어떤 대가도 지불하지 않는 아이라니, 관심이 안 생길 수 있겠습니까? 재미있겠군요, 정말 재미있겠어요. 하하."

"좋네, 어차피 나나 자네나 인간계에 오래 머물러 좋을 것이 없으니 나의 패밀리어를 자네에게도 공유해 주도록 하지. 단, 자네 역시 약속을 해주어야겠어."

파이몬은 가마긴의 진중한 말에 웃음기를 지우지 않고 말했다.

"아이의 인생에 끼어들지 않는다. 자연적인 상황이 아닌 다른 악마로 인해 빚어지는 악영향을 확인할 경우 즉시 알리며, 급한 경우 선 조치할 것. 맞습니까?"

가마긴은 크게 웃으며 고개를 끄덕였다.

"하하하, 역시 이야기가 통하는 친구군. 그래, 그렇다네. 어떤가?"

파이몬은 양손을 허리에 올리며 말했다.

"그 정도는 예상했던 일입니다. 저 역시 저보다 하위 악마의 개입은 불쾌할 테니까요. 하지만 저보다 상위 서열의 악마 군주들이 행하는 일에 대해서는 알려드리기만 하고 직접 개입할 수는 없습니다, 아시지요?"

가마긴은 표정을 굳히고 파이몬을 바라보며 말했다.

"물론이네, 루시퍼 님이 정하신 지엄한 지옥의 율법을 어기라고 요구하는 것은 아닐세."

파이몬은 고개를 끄덕이며 진중한 목소리로 말했다.

"좋습니다. 그럼 저의 목소리를 부여하겠습니다."

파이몬은 엎드려 있는 건의 머리에 손을 올렸다.

"서쪽 지옥의 통치자 나 파이몬이 명하노니, 이 아이의 영혼에 나의 목소리를 깃들게 하라."

파이몬의 하얀 손에서 흘러나온 핏빛 기운이 건의 머리에 닿자 순식간에 코와 입을 통해 기운이 빨려 들어갔지만, 건은 더 깊은 잠에 빠졌다.

잠시 머리에 손을 올리고 축복이 제대로 전달되었는지 확인한 파이몬은 고개를 돌려 가마긴을 바라보았다.

"지옥의 대 후작, 가마긴 각하. 저의 축복은 전해졌습니다. 이제 어떤 악마에게 도움을 받으실 생각이십니까?"

가마긴은 파이몬을 바라보며 고개를 저었다.

"아직은 아닐세, 아무리 축복이라도 악마가 전해준 능력이야. 네 살밖에 되지 않는 아이가 배우지도 않은 분야에 천재적 재능을 보인다면, 세상이 아이를 가만두지 않겠지. 과학자라는 것들이 아이의 머리를 열어 뇌를 확인하려 할지도 몰라. 하지만 목소리는 타고나는 것이니 의심받지 않을 것이야. 그래서 자네에게 처음 부탁한 것이네."

파이몬은 손가락을 튕기며 알아차렸다는 듯 말했다.

"아, 그렇다면 순차적으로 전해주실 생각이시군요. 그렇다면 세월이 흐른 후 두 번째로 소환하실 악마는…… 푸르손이 될 가능성이 크군요."

푸르손은 지옥의 72 악마 군주 중 20위의 서열로 선량한 수호 정령들의 아버지라 불리며, 사자의 머리를 가진 근육질의 남성 악마로, 한 손에는 뱀을 들고 나팔을 불며 거대한 곰을 탄 형상으로 알려져 있다. 인간계에 강림 시 귀여운 남자아이로 강림하기도 하며, 본래 좌천사였다. 지옥에서 22개의 군단을 다스리며 작곡에 능한 악마다.

하지만 가마긴은 다시 한번 고개를 저으며 말했다.

"아니야, 푸르손이 아이에게 줄 수 있는 축복은 작곡의 능력이네. 아직 어린아이가 푸르손의 축복을 받은 곡을 삭곡한다면 너무 큰 이슈가 되지 않겠는가? 나는 이 아이에게 악기를 다루는 법부터 가르칠 생각이네."

파이몬은 미미하게 고개를 끄덕이며 말했다.

"악기라면 암두시아스에게 부탁하실 생각이십니까?"

가마긴은 잠든 건에게 다가가며 말했다.

"그렇다네, 암두시아스에게 악기를 다루는 법에 대해 도움을 받은 후 푸르손과 이야기해야겠지. 물론 그들의 협력을 얻지 못한다 해도 파이몬 자네의 능력만으로 충분히 많은 인간에게 행복을 주는 음악인으로 성장할 수 있을 테니, 가장 큰 산을 넘은 게지, 후후."

파이몬은 생각보다 철저히 계획을 세운 가마긴을 보며 고개를 끄덕였다.

"그럼 이번에 부여할 축복은 제 것이 전부입니까?"

가마긴은 자신의 손을 건의 머리 위에 올리며 말했다.

"나의 축복은 당장 내려야 의심을 받지 않는다네."

파이몬을 보며 미소 짓던 가마긴은 건을 내려다보며 말했다.

"지옥의 대 후작 가마긴이 명하노니, 이 아이의 신체와 영혼에 악마의 아름다운 외모와 어떤 학문이든 쉽게 익힐 수 있는 능력을 깃들게 하라."

파이몬과는 다르게 잿빛에 가까운 기운이 건의 몸 전체를 구석구석 쓸었다.

지금은 특별히 변한 것이 없으나, 성장해 가며 점점 아름다운 외모로 바뀌어 가리라.

가마긴은 잠든 건의 머리를 쓸어주며 말했다.

"좋군, 아직 어린 그릇이라 그런지 조금의 낭비도 없이 모든 기운을 받아들였어. 이 아이를 보며 사랑에 빠지는 인간 여자들을 보는 재미도 쏠쏠할 것 같구먼. 하하하."

가마긴은 살짝 미간을 좁히며 말했다.

"그렇습니다, 각하. 하나 걱정입니다. 성스러우면 지적인 천사의 외모와 달리 우리 악마의 외모는 치명적으로 섹시합니다. 인간들이 말하는 도화살에 휩싸일까 걱정되는군요."

가마긴은 그런 파이몬을 보며 웃었다.

"하하하, 이 아이가 어떤 길을 걸어갈지, 자네가 말한 도화살이란 것은 또 어찌 헤쳐 나아갈지. 재미있겠어!"

그제야 파이몬도 다시 미소를 지었다.

"그렇군요. 그것도 하나의 재미가 되겠습니다. 하하."

가마긴은 건의 머리에서 손을 떼며 일어났다.

"그래 무료한 일상에 좋은 자극이 될 것이네. 자네도 이참에 나처럼 인간계를 지켜보는 취미를 가지시게나."

가마긴은 파이몬의 등을 툭툭 치며 말했다.

"그럼 이만 돌아가지⋯⋯. 바알이나 마르바스가 알게 되면 분명 방해할 테니 말이야."

둘은 잠든 건을 힐끗 보며 서서히 사라졌다.

♪♫

잠시 후 회색빛으로 가득했던 건의 집은 다시 색을 찾았고, 음악 소리와 청소기 소리, 영하의 흥얼거리는 콧노래 소리로 채워졌다.

단잠을 자는 건의 머리 위로 가마긴의 마지막 목소리가 들려왔다.

"나의 축복을 받은 아이야. 너는 나를 기억하지 못해야 한다. 네 영혼의 그릇은 나라는 존재를 담기에 아직 작고 약하니.

하나, 나는 언제나 너를 지켜볼 것이란다. 네가 껍질을 깨고 많은 인간 앞에서 노래할 때, 너로 인해 생겨날 수많은 힘이 나를 다시 천계로 인도하는 날 인과율의 법칙에 따라 더 큰 보상을 하마."

현실에서 가마긴과 파이몬이 축복을 내리던 그때 건은 나른하게 이어지는 꿈결 속에서 1953년 미국 테네시 주의 회색 벽돌 건물 앞에 서 있었다.

주위를 두리번거리는 건의 시야에 눈이 부리부리하고 코가 높은 외국인 청년 하나가 등에 기타 백을 멘 채 서성거리고 있는 것이 보였다. 짙은 금발 머리를 가진 그는 매우 불안한 표정이었다.

건이 긴장한 것처럼 보이는 청년에게 다가가 물었다.

"아저씨, 여기서 뭐 하세요? 여긴 제 꿈속인 것 같은데 전 태어나서 아저씨를 본 적이 한 번도 없거든요."

금발의 청년은 자신의 바지를 붙잡고 말하는 건을 쳐다보았다. 원래 아이를 좋아하는 성격인 그이지만 무슨 이유인지 긴장한 그의 표정은 여유가 없어 보였다.

청년은 건을 내려다보며 말했다.

"난 트럭 운전을 하는 사람이란다. 벌이가 좋지 않아 먹고살기도 빠듯한 별 볼 일 없는 사람이지."

건은 눈을 빛내며 말했다

"트럭 운전사구나! 우와 멋지다. 나도 큰 차를 운전해 보고 싶어요."

청년은 쓴웃음을 지으며 고개를 저었다.

"그건 좋은 생각이 아닌 것 같구나, 소년. 큰 차를 몰 수 있다는 것이 멋져 보일지 모르겠지만, 승용차가 아닌 큰 차는 그 차의 크기만큼의 빈곤함을 가지게 되거든."

건은 고개를 갸웃하며 물었다.

"음……. 우리 아빠도 트럭을 가지고 계세요. 많은 돈을 벌지는 못하시지만, 엄마랑 저와 제 동생이 행복하게 살 정도는 버세요. 아저씨는 아닌가요?"

청년은 귀여운 건의 머리를 흐트러뜨리며 웃었다.

"그렇구나, 꼭 돈을 많이 벌어야 행복한 것은 아니지. 어린 네게 어른인 내가 배우는구나. 사실 난 어머니 생신 때 선물해 드릴 것을 사러 왔단다."

건은 사내를 올려다보며 물었다.

"얼마나 비싼 선물을 사려 하시기에 그리 머뭇거리세요? 선물 살 돈이 모자라면 더 벌어오셔야 하는 것 아닌가요?"

청년은 한쪽 무릎을 굽히고 건과 눈을 맞추며 말했다.

"아니, 내가 살 선물은 비싼 선물이 아니야. 나는 그동안 모은 돈으로 우리 어머니께 드릴 나의 노래를 녹음하러 왔단다. 내 노래로 만든 LP를 선물로 드리고 싶거든."

건은 눈을 동그랗게 뜨고 물었다.

"와아…… 아저씨 노래 잘하시는군요? 나도 우리 엄마에게 내가 부른 노래를 선물해 주고 싶어요. 비싼 돈을 들여 백화점에서 사드리는 선물보다 훨씬 기뻐하시겠지요?"

청년은 웃으며 몸을 일으켜 세웠다.

"그래, 그렇지. 네 덕에 긴장이 좀 가셨구나. 내 돈으로 만든 음반이지만, 관계자들이 무시하면 어떡하나 하고 긴장했던 내가 바보 같았어. 내가 인정받고 싶은 대상은 우리 어머니지, 음반 관계자들이 아니니까 말이야. 고맙다, 아이야. 그나저나 네 이름이 뭐지?"

건은 자신감을 되찾은 것처럼 보이는 청년을 보며 해맑게 웃었다.

"건, 김 건이에요. 아저씨."

청년은 회색 벽돌 건물 문을 열며 한 손을 들었다.

"그래, 건. 언젠가 시내에서 보면 세상에서 가장 맛있는 핫도그 가게에 데려가 주지, 오늘 고마웠다."

청년이 웃으며 건물로 들어가자 건이 외쳤다.

"아저씨, 아저씨! 이름은 뭐예요?"

청년은 건물 안으로 저벅저벅 걸어 들어가며 뒤돌아보지 않고 말했다.

"Elvis, 내 어머니가 지어주신 내 이름은 Elvis Presley다, 소년."

건물로 들어가 버린 청년의 이름을 들은 건은 멍해졌다.

"아까까지 엄마가 듣던 음악을 부른 아저씨가 저렇게 젊은 형이었다니, 아니…… 엄마 말로 저 형은 죽었다고 했는데……
꿈이라서 그런 건가?"

순간 건의 주위 공기가 소용돌이처럼 휘몰아치고, 테네시
주 외곽의 시골 건물들이 일그러졌다.

건은 가만히 서서 주위를 보았다.

주위 도시의 환경이 빠르게 변하고 있었다. 낡고 낮은 건물
이 허물어지고, 새 건물이 지어졌지만, 또다시 무너지고 더 높
은 건물이 들어섰다.

황토와 먼지로 가득했던 바닥은 어느새 아스팔트가 들어서
고 말을 달리던 카우보이들이 사라지고 대신에 자동차가 도로
위를 달렸다.

건은 신기했지만 어지러운 풍경에 잠시 눈을 감았다. 눈을
감아도 여전히 어지러웠다. 건은 두 주먹을 꼭 쥔 채 어지러움
이 사라질 때만 기다렸다.

잠시 후 다시 맑고 시원한 바람이 불어왔다. 건은 심호흡과
함께 살며시 눈을 떴다.

♪♪

1957년 플로리다 탐파의 군부대, 한 남자가 수동 카메라를
들고 연신 사진을 찍고 있었다.

건은 그런 남자에게 방해가 되지 않게 살며시 다가가 카메라가 향하는 방향을 보았다.

수많은 군인과 그들의 가족, 애인들이 하나같이 손에 손을 잡고 춤을 추고 있었다. 모두 행복한 표정으로 음식을 먹고, 술을 마시며 음악에 빠져 있었다.

그들에게 행복을 주는 음악의 주인공은 무대 위 커다란 포크 기타를 들고 노래하는 청년이었다. 검은색에 가까운 짙은 갈색 머리의 청년은 통이 넓은 나팔바지에 헐렁한 셔츠를 입고 땀을 흘리며 노래하고 있었다.

건은 어딘지 모르게 낯익은 청년을 가까이서 보기 위해 조금 더 무대 쪽으로 다가가다 청년과 눈이 마주쳤다.

건을 본 청년은 갑자기 노래를 멈추고 무대 아래로 뛰어 내려왔다. 음악이 멈춰 버리니 춤을 추던 사람들도, 술과 음식을 먹던 사람들도 모두 청년을 바라보았다.

청년은 들고 있던 기타마저 내려놓고 달려와서는 작은 건을 번쩍 안아 올렸다.

"건! 건이 맞지? 하하하! 그렇게 찾을 땐 안보이더니, 이런 곳에서 보는구나!"

건은 청년에 의해 공중에 들려진 채 고개를 갸우뚱했다.

"음⋯⋯. 미안해요, 아저씨. 전 아저씨를 잘 모르겠는데⋯⋯ 누구신가요?"

청년은 함박웃음을 지으며 말했다.

"아, 내 머리가 검은색이 되어서 못 알아보는 거야? 나 기억 안 나니? 4년 전 테네시 음반 기획사 앞에서 만났던 엘비스야, 건."

건은 그제야 놀란 눈으로 말했다.

"엘비스 형? 4년 전이요?"

청년은 한쪽 팔로 건의 엉덩이를 받쳐 들고는 바닥에 놓인 기타를 챙겼다.

"그래, 건. 네 덕에 생긴 용기로 어머니께 드릴 음반을 만들 수 있었어. 그때 맺은 음반 관계자와의 인연으로 지금은 유명한 가수가 되었지. 하하."

여전히 멍하게 바라보고만 있는 건의 엉덩이를 토닥토닥 때려준 엘비스가 말했다.

"대기실로 가자, 건아. 그때 약속했던 핫도그는 아니지만, 팬들이 보내준 음식이 한가득 있어. 그때의 고마움을 표현할 기회를 줘야지"

건은 여전히 영문을 모르겠다는 표정으로 엘비스의 품에 안겨 대기실로 들어갔다.

엘비스의 대기실로 들어온 건은 대기실 가득 쌓여 있는 선물들과 테이블 한가득 차려진 음식들을 바라보며 눈을 동그랗게 떴다.

"와아, 진짜 맛있어 보인다!"

엘비스는 팬이 직접 구워왔다는 애플파이를 큼지막하게 뜯어 건에게 주었다.

"하하, 이래 봬도 한 인기 한다니까? 먹어보렴, 목이 마르면 옆에 오렌지 주스도 마시고."

건은 엄마에게 배운 대로 배꼽 인사를 하며 애플파이를 받아 들었다.

"잘 먹겠습니다, 형."

엘비스는 예의 바른 건을 보며 함박웃음을 지었다.

건은 처음 먹어보는 애플파이 맛에 흠뻑 빠졌는지 정신없이 파이를 먹으며 물었다.

"읍, 읍. 진짜 맛있네요. 울 엄마한테도 만들어 달라고 해야지. 우물, 우물."

엘비스는 게 눈 감추듯 사라져 가는 애플파이를 보며 웃었다.

"이봐, 이봐. 그렇게 먹다 체한다고, 주스도 마셔가며 먹어. 그나저나 건이 넌 어디 사는 거야? 그리고 넌 왜 하나도 안 자란 거지? 병이라도 있는 것 아냐? 어떻게 4년 전에 비해 땅콩만큼도 안 자랄 수가 있지?"

건은 애플파이를 입에 욱여넣으며 손을 휘휘 저었다.

"우물, 우물……. 신경 쓰지 마세요. 어차피 꿈이라 깨고 나면 또 자랄 거예요. 우리 엄마가 그러는데 전 종아리가 또래보다 길어서 나중에 키가 클 거래요. 형보다 훨씬 커질걸요?"

엘비스는 건의 말에 눈을 크게 떴다.

"꿈? 꿈이라니 무슨 말이야? 하하, 날 만난 것이 꿈 같다는 거야? 하긴 4년 전 가난했던 트럭 운전수인 내가 이렇게 인기 있는 가수가 되었으니, 너도 날 다시 만나리라고는 생각하지 못했겠지. 하하하."

건은 엘비스의 말에 고개를 절레절레 저으며 설명하기를 포기했다. 사실 이곳이 꿈속 세계라는 것을 설명하는 것보다 눈앞에 산처럼 쌓인 파이들을 위 속에 욱여넣는 것이 지상과제인 건이었다.

엘비스는 자신보다 파이에 더 관심이 많은 건을 보며 쓴웃음을 지었다.

그때 대기실 문이 벌컥 열리며 금발의 30대 남성이 뛰어들어왔다. 그는 처음 건이 이곳에 왔을 때 본 사진가였다.

남성은 황당하다는 눈빛으로 엘비스와 건을 쳐다보며 외쳤다.

"이봐, 엘비스! 공연을 중간에 끊으면 어떡해? 오늘이 무슨 날인지 모르는 거야? 밖에 육군 참모총장 가족들도 와 있단 말이야. 설명도 없이 막무가내로 무대를 벗어나면 어쩌자는

첫 번째 만난 사자(死者) 41

건가?"

앉아 있던 가죽 소파에 몸을 더 깊숙이 묻은 엘비스가 웃으며 말했다.

"이봐, 윌리엄. 어차피 자네는 내 앨범 재킷 사진만 찍으면 되는 거 아니었어? 샘이라면 또 모를까, 자네까지 잔소리꾼이 될 필요는 없잖아?"

윌리엄이라 불리는 사내는 황당하다는 표정을 지우지 않고 맞은편 소파에 앉았다.

"엘비스, 내가 샘이었다면 당장 자네의 모가지를 잡고 무대에 올렸을 거야. 선 레코드의 사장 자리를 포커로 딴 것이 아니라면 말이야."

윌리엄은 테이블 위에 놓여 있는 담배를 집어 들었다가 파이를 먹고 있는 건을 보더니 슬며시 담배를 내려놓았다.

"이 아이는 누구야? 무대 아래서 자네 숨겨둔 자식이라는 이야기까지 나오고 있다고."

엘비스는 소파에서 등을 떼고 웃으며 말했다.

"윌리엄, 내가 말했던 건이라는 아이 기억하지?"

윌리엄은 손가락으로 담배 케이스를 빙글빙글 돌리며 말했다.

"기억 안 날 수가 있나? 술만 마시면 입버릇처럼 우리 건이 우리 건이 하지 않나? 그 아이가 없었다면 지금의 자네도 없었다고 말이지. 난 사실이 이름이 Gun이라길래 새로 나온 총인 줄 알았지."

엘비스는 장난스레 건을 가리키며 말했다.

"이 아이가 내가 말했던 그 아이야. 김 건이라고 하지."

윌리엄은 깜짝 놀랐다.

윌리엄 로버트슨(William V. Robertson), 그는 유명한 사진가였다. 1년 전 선 레코드사의 사장 샘 필립스로부터 엘비스 프레슬리의 앨범 재킷 제작을 의뢰받고 엘비스를 처음 만난 자리에서 잭다니엘 네 병을 비우고 의기투합한 후 엘비스와는 둘도 없는 친구가 된 그였다.

윌리엄은 엘비스와 가진 수많은 술자리에서 빠지지 않고 들리던 건이라는 이름을 기억하지 않을 수 없었다.

자신의 친구 엘비스가 테네시 주의 레이블에서 단 한걸음의 용기를 더 내지 못했다면, 현재의 엘비스는 없었을지도 모른다.

중요한 시기에 나타나 별것 아닌 위로의 말로 깨달음을 주었던 어린아이, 엘비스가 술에 취하면 자기 전까지 다시 한번 만났으면 좋겠다고 웅얼거리며 잠들던 그 아이가 눈앞에 있었다.

윌리엄은 건의 손에 묻은 애플파이 부스러기에도 아랑곳하지 않고 양손으로 건의 고사리 같은 손을 꼭 잡았다.

"네가 건이구나. 반가워 난 엘비스의 친구 윌리엄이란다."

건은 윌리엄의 인사에 자리에서 일어나 배꼽 인사를 했다.

"안녕하세요, 아저씨. 저는 김 건입니다."

윌리엄은 생소한 동양의 인사지만, 어린아이가 하는 것이라 그냥 예의가 바른 아이겠거니 했다.

"그래그래, 듣던 대로 아주 귀여운 아이로구나. 언젠가 널 만나게 되면 내 생애 가장 마음에 든 친구에게 용기를 주어 고맙다는 말을 하고 싶었다."

건은 윌리엄의 말이 무엇을 뜻하는지 몰랐다. 자기가 한 것이라고는 그저 엘비스와 몇 마디 대화를 나눈 것이 다였으니까.

그런 건을 본 엘비스가 싱긋 웃었다.

"그래, 건아. 나의 작지만 큰 친구, 나에게 부탁하고 싶은 것은 없니? 사인이든, 노래든 뭐든 해줄게."

건은 그런 엘비스를 보며 말했다.

"우움…… 정말 뭐든 해주실 수 있어요?"

엘비스는 아이가 원하는 것이 얼마나 대단하겠냐는 생각에 호기롭게 소리쳤다.

"그럼! 나 엘비스 프레슬리야! 지금 미국에서 가장 인기 있는 가수가 바로 이 몸이란 말이야, 뭐든 말해봐. 내가 건이를 위한 램프의 지니가 되어줄 테니까."

건은 생각했다. 어차피 이건 꿈이다. 대단한 것을 요구해 봐야 꿈에서 깨면 없어질 테니 그런 욕심은 접었다.

한참 고민하던 건은 마침내 결심한 듯 말했다.

"음…… 노래, 노래를 잘하고 싶어요."

윌리엄은 생각지도 못한 건의 말에 놀랐다. 하지만, 이내 웃음을 지었다. 엘비스 프레슬리는 현재 미국 최고의 가수였기에 치기 어린아이의 동경쯤으로 생각했다.

하지만, 가볍게 받아들였던 윌리엄과 달리 엘비스는 진지했다. 턱을 괸 손가락을 까딱이며 건을 바라보던 엘비스는 건에게 말했다.

"건아, 사실 말이야…… 난 그리 뛰어난 보컬이 아니란다. 단지 목소리가 좋을 뿐, 노래하는 스킬이 뛰어난 사람은 아니야. 보컬리스트가 되는 것이 너의 꿈이라면, 나보다는 다른 사람에게 배우는 것이 어떨까?"

윌리엄은 엘비스의 말에 놀라 소리쳤다.

"엘비스! 무슨 말이야? 넌 이 시대 최고의 가수야! 대중들에게는 신과 같은 존재라고!"

엘비스는 흥분하는 자신의 친구를 보며 쓴웃음을 지었다.

"내 친구 윌리엄, 날 아껴주고 소중히 해주는 네 마음은 잘 알아. 하지만 말이야, 언젠가 세상은 나라는 가수가 뛰어난 보컬리스트가 아니었단 걸 알아챌 거야. 난 단지 백인이면서 흑인들 같이 노래하는 특이한 가수일 뿐이라는 걸."

윌리엄은 고개를 크게 저으며 말했다.

"세상 모두가 널 신이라고 말해, 엘비스. 넌 그들의 징신적 지주라고!"

엘비스는 지그시 윌리엄을 바라보며 말했다.

"그래, 친구, 고마워. 하지만 지금은 그런 논쟁보다 건의 소원을 어떻게 들어줄 지부터 생각해 보자고."

엘비스와 윌리엄은 소파에 앉은 건을 바라보았다.

자신의 말 때문에 둘의 언성이 높아지자 살짝 겁이 난 건은 갑작스레 둘이 자신을 바라보자 동그랗게 뜬 눈만 깜빡일 뿐이었다.

엘비스는 자리에서 일어나 대기실 한구석에 있는 기타를 집어 들었다.

자신의 이름이 새겨진 커스텀 기타를 가지고 소파에 앉은 엘비스는 건에게 말했다.

"건아, 지금부터 들려줄 곡은 아직 발표하지 않은 곡이란다. 얼마 후에 출연할 영화에 들어갈 노래거든. 윌리엄 역시 오늘 처음 듣게 될 노래야. 이 노래를 가르쳐 줄게, 괜찮지?"

건은 고개를 끄덕였다.

엘비스는 미리 조율된 기타를 한 번 튕기더니 아르페지오로 연주를 시작했다.

느린 연주가 시작되고, 아름다운 멜로디에 취한 윌리엄과 건은 멍하게 엘비스를 바라보았다.

언제까지고 이어질 듯한 아름다운 연주에, 눈을 감은 엘비스의 감미로운 목소리가 얹어졌다.

사람들이 말하길 오로지 바보들만 힘들다고 했죠.

그러나 난 당신을 사랑하는 감정을 어쩔 수 없어요.

난 어떡해야 할까요?

그것은 죄가 될까요?

만약에 내가 당신과 사랑에 빠지는 걸 어쩔 수 없다면요.

바람이 대륙을 향해 부는 것처럼.

사랑하는 그대여.

어떤 것들은 그렇게 될 수밖에 없어요.

내 눈을 보아요.

내 육신과 정신도 가져가요.

난 당신을 사랑할 수밖에 없음에 어쩔 수 없어요.

감미로운 그의 목소리를 듣는 내내 건은 가슴이 뛰었다. 네

살짜리가 무슨 사랑을 알까? 하지만 건의 영혼 깊숙하게 파고
드는 엘비스의 목소리는 건의 사고를 정지시킬 만큼 놀라웠
다.

노래는 끝이 나고, 잠시 기타 연주가 주는 여운을 느끼던 엘
비스는 눈을 뜨고 건을 보았다.

"어때? 'I can only love'라고 이름 붙인 곡이야."

건은 두 손을 모으고 엘비스에게 말했다.

"너무 감미로운 노래에요. 형, 저도 이런 노래를 하고 싶어요."

윌리엄은 두 손으로 머리를 감싸 안고 생각했다.

"오 마이 갓! 엘비스 이 친구가 또 일을 냈어! 이런 노래라니,
언제가 될지 모르지만, 이 노래가 수록된 앨범은 공개되자마
자 플래티넘 앨범이 될 거야!"

엘비스는 살짝 웃으며 건에게 바짝 다가갔다.

"그럼 건도 한번 불러 볼래? 가사를 써 줄 테니 말이야."

건은 고개를 끄덕였다.

"네! 이런 노래라면 꼭 해보고 싶어요."

사실 건은 이 노래를 알고 있었다. 건의 엄마인 영하가 엘비
스의 노래 중 가장 좋아했던 노래이기 때문에 완벽히 가사를
외우지는 못하지만 비슷하게 따라 부를 정도는 되었다.

엘비스는 펜과 종이를 꺼내놓고 빠르게 가사를 적어 나갔
다. 그리 길지 않은 가사였기 때문에 오래 걸리지는 않았다. 가

사를 적은 종이를 건에게 밀어준 엘비스는 눈으로 가사를 읽고 있는 건을 보며 기타를 연주했다.

건은 신기하게도 영어로 쓰인 가사를 읽을 수 있었다. 꿈속이니 그럴 수도 있겠다 싶었던 건은 머릿속에 들어오는 가사들을 속으로 되뇌었다.

"현명한 이들이 말하기 오로지 바보들만 서두른다고 했죠."

눈을 감고 첫 소절을 불렀다, 자신이 낼 수 있는 가장 아름다운 목소리로.

순간 기타 반주가 멈췄다.

의아하게 생각한 건이 눈을 뜨자 입을 떡 벌린 엘비스와 윌리엄이 눈에 들어왔다. 건은 고개를 갸우뚱하며 물었다.

"왜 멈추세요, 형?"

엘비스는 기타를 내팽개치며 건의 어깨를 힘껏 잡았다.

"지저스, 크라이스트! 건아, 넌 천재야! 이런 목소리라니!"

말도 못 하고 입만 벌리고 경악하고 있는 윌리엄에 비해 그나마 빨리 정신을 차린 엘비스였다.

"성대가 어떻게 생겨 먹으면 이런 목소리가 나오는 거지? 나의 작은 친구, 넌 천사가 분명해. 난 어서 네가 커서 가수가 되어 너의 노래를 부르는 걸 듣고 싶어."

건은 이를 드러내며 웃었다.

"저도 제 노래를 하는 날이 빨리 왔으면 좋겠지만, 전 아직 너무 어려요, 형."

엘비스는 안타깝다는 듯 살짝 미간을 찌푸렸다.

"내가 죽기 전에만 듣게 해줘, 친구. 네 노래를 듣지 못하고 죽는다면, 그건 내게 너무 큰 불행이야."

건의 세계에서 엘비스는 이미 죽었다. 엘비스에게 노래를 들려주는 것은 꿈에서만 가능할 것이지만, 간절해 보이는 엘비스의 표정을 읽은 건은 고개만 끄덕였다.

엘비스는 건이 고개를 끄덕이자 밝은 표정으로 기타를 집어 들었다.

"좋아, 이번에는 연주를 멈추지 않을 테니 끝까지 불러 보자고 건."

두 사람은 다시 연주와 노래를 시작했다.

아무 말 없이 그들을 바라보던 윌리엄은 자신도 모르게 카메라를 들어 올렸다.

찰칵……

그 날의 기적과 같은 순간을 남기기 위한 윌리엄의 카메라가 나직하게 울었다.

윌리엄은 즐겁게 노래하는 두 사람을 한참 동안 부러운 눈으로 바라보다 조용히 자리를 피했다.

"내 평생에 다시 이런 기적 같은 순간을 남길 수 있을까? 그

렇지 못한다 해도 이 사진 한 장은 건이 어른이 되고 데뷔를
했을 때 천금보다 귀한 사진이 될 것이야."

조용히 문을 열고 나가면서도 끝까지 둘에게서 눈을 떼지
못하고 여러 가지 생각에 잠기는 윌리엄이었다.

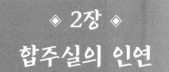

◈ 2장 ◈
합주실의 인연

시간은 화살 같이 빨리 흘렀다.

해운대구 우2동으로 이사한 태우와 영화는 이제 5학년이 된 건이 조금 더 나은 환경에서 공부하길 원했다.

초등학교는 아직 등수를 매기지 않았지만, 건의 성적은 항상 최상위였다. 서울에서 공부를 시킨다면 부산에서보다 좋은 대학에 가 좀 더 나은 삶을 살 수 있을 것이라는 생각이 들 정도였다.

건의 동생 시화는 공부에 소질이 없었지만, 독한 면이 있었다. 건이 한 시간을 공부하면 두 시간을 공부해서 반 중위권은 지켜내고 있었다.

건이 자라며 점점 가마긴의 축복이 외모에서 드러났다. 잘

생긴 오빠와 닮지 않은 자신에게 쏟아지는 못난이 소리가 싫었던 시화는 공부라도 지기 싫다며 열심히 공부했다.

시화는 책상에 앉아 공부하다 옆자리 책상에서 책을 보고 있는 건을 보았다.

자신의 오빠지만 동화 속 왕자님처럼 잘생겼다.

아니, 동화 속 왕자님과는 조금 달랐다. 왕자님은 항상 금발에 백마를 타고 푸른 눈을 하고 있지만, 오빠는 칠흑같이 윤기나는 검은 머리에 우뚝 솟은 콧날이 날카롭기까지 하다. 짙은 눈썹과 눈매는 일부러 화장한 것처럼 보였고, 붉디붉은 입술은 금방이라도 피가 나올 것 같았다.

책을 보고 있는 건의 눈은 아름다웠지만, 전체적으로 시크하고 차갑게 보여 동화 속 왕자님보다는 도도한 귀족같이 보였다.

시화의 반 친구들은 가끔 건이 자신의 반으로 찾아올 때마다 몸을 비비 꼬며 얼굴을 붉히기도 했다.

시화는 책상에 엎드려 고개만 돌린 채 건을 바라보며 말했다.

"오빠야, 오빠 니는 맨날 소설책만 보는데 와 그래 공부를 잘하는데? 내도 좀 가르쳐 주믄 안대나?"

건은 책에서 눈을 떼지 않고 대답했다.

"가시나야, 공부는 니가 하는 기지 뭘 도와달라 카노? 내라

꼬 공부하는 방법이 따로 있는 기 아이다. 그냥 보고 이해하고 외울 건 외우면 되는 기지. 뭐, 어렵다카노."

건의 무성의한 대답에 시화의 눈썹이 올라갔다.

"이, 이익……. 오빠야 니 너무한 거 아이가? 내가 오빠 니보다 배로 공부하는데 난 왜이라는데? 내는 머리가 나빠서 그런 기라 그거가?"

건은 고개를 돌려 시화를 보았다. 분노에 찬 시화의 눈빛이 이글거리는 것을 본 건은 식은땀을 흘렸다.

이런 모드의 시화를 건드리면 하루 종일 잔소리를 듣는다는 것을 아는 건은 의자를 빼고 뒷걸음질 쳤다.

"아, 아이다……. 그기 아이고, 내도 방법은 잘 모른다 카는 기다. 그냥 교과서 한 번 보면 되는걸 우째 설명하노."

시화는 뒷걸음질 치는 건을 따라 일어서서는 팔짱을 끼고 말했다.

"그래서 오빠 니는 천재고, 내는 바보라서 못하는 기라 이거제?"

초등학교 5학년이지만 이미 170㎝의 큰 키를 가진 건이었지만 내려다보이는 동생을 쉽게 생각할 수 없었다. 힘으로는 상대가 안 되지만 시화는 힘이 아닌 입으로 건을 죽음 직전까지 몰고 갈 수 있는 능력을 가졌기 때문이었다.

잠을 자려고 해도 다가와서 손가락으로 억지로 눈을 뜨게 하고 잔소리를 해대는 시화를 가장 무서워하는 건이었다.

"아, 아이라니까…… 와 이라노?"

시화는 팔짱을 풀고 손을 털며 다가왔다.

"오빠야, 니 오늘 내 학습지 푸는 거 안 도와주면 알제?"

점점 뒤로 밀린 건은 벽까지 몰렸다.

"아…… 알았다, 도와주께."

시화는 잠시 더 건을 째려보다 휙 등을 돌려 책상에 앉았다.

화난 척했지만, 건이 도와주면 빨리 학습지를 풀 수 있기에 기분이 좋아진 시화는 배시시 웃었다.

시화의 표정을 보지 못하고 식은땀만 흘리며 시화의 뒤통수만 바라보던 건은 머뭇거리다 방문으로 다가갔다.

방 문고리를 잡은 순간 시화의 고개가 휙 돌아갔다.

"오빠 니 어디 가는데? 학습지 안 도와 주나?"

건은 문고리를 잡은 채 굳었다.

"아, 아니…… 내 물 쫌 먹고 올게, 기다리라."

시화는 벌떡 일어나 문을 열었다.

"내도 물 마실란다, 같이 가자."

방을 나온 건과 시화는 냉장고 문을 열었다. 냉장고에는 1,000㎖ 우유 두 통이 있었다. 건은 어릴 때부터 우유를 좋아해 1,000㎖ 우유를 한 번에 다 마시곤 했다.

건은 아무 생각 없이 우유를 한 손으로 잡고 주둥이를 벌려 벌컥벌컥 우유를 마셨다.

손에 물컵을 들고 건을 바라보던 시화가 말했다.

"오빠야 니 반에서 제일 크제? 우유 많이 먹어서 그런 갑다, 담임 선생님보다 크제?"

건은 입을 스윽 닦으며 말했다.

"어, 선생님이랑 비슷하다. 우유 많이 마시면 키 큰다 카드라, 니도 마시라."

시화는 고개를 저으며 말했다.

"내는 흰 우유 먹으면 설사해서 못 묵는다."

그때 안방에서 둘을 부르는 영하의 목소리가 들렸다.

"건이야, 시화야. 잠깐 엄마 방으로 와."

건과 시화는 엄마의 목소리를 듣고 쪼르르 안방으로 향했다.

방에는 침대에 나란히 앉은 태우와 영하가 있었다. 시화는 침대 위로 뛰어 올라가 두 사람 사이에 자리를 잡고 앉았고, 건은 침대 끝에 걸터앉았다.

태우는 아이들을 바라보며 말했다.

"우리 얼라들, 마이 컸네. 아부지가 중대 발표가 있어가 불렀다."

건과 시화는 태우를 바라보며 궁금증이 담긴 눈빛을 보냈다.

태우는 건과 시화를 번갈아 보며 이를 드러내고 웃었다.

"우리 서울 가자. 느그들 서울 들어봤재? 억수로 큰 도시 아이가, 대한민국 수도 서울. 거 가서 살자."

건과 시화는 놀랐다. 서울은 가본 적이 없었다. 가끔 TV 뉴스에서 나오는 대통령이 사는 곳이라는 것과 큰 도시라는 것 정도만 알고 있었다.

어차피 이러한 일에 아이들의 의견은 중요치 않았고, 어른들이 하자는 대로 할 수밖에 없었던 둘은 정들었던 학교 친구들과 이별했다.

사실 월세 신세에서 돈을 모아 전셋집으로 옮기기 위해 이리저리 이사를 다녔던 가족들은 부산에서만 열한 번의 이사를 하였고, 건과 시화는 일곱 번이나 전학을 다녔기에 특별할 건 없었다.

건이 6학년이 되기 직전의 겨울 방학에 건이네 가족은 상경했다.

♪♪♩

터벅, 터벅…….

힘없이 걷고 있는 긴 그림자는 어느새 고등학생이 된 건이었다. 187㎝가 넘는 큰 키에 약간 마른 몸매, 칠흑 같은 머리와 인간 같지 않은 외모로 동급생과 후배 여학생들에게 절대적 선망의 대상인 건이었지만 서울에서의 생활은 건의 가족에게 많은 악영향을 주었다.

언제나 자신과 시화를 사랑으로 대해주던 태우가 변했다.

태우는 꿈을 가지고 서울에 올라왔지만, 배운 것도 없었고 장사를 해서는 서울의 높은 물가를 견뎌낼 수 없었다.

설상가상으로 희망을 품고 투자한 주식까지 반 토막이 나면서 경제적으로 큰 위기에 처했고, 취직도 힘든 학력 때문에 집에만 있는 시간이 많아졌다.

아무리 사랑하는 부부라도 불안 요소가 있는 상태에서 매일, 매시간 얼굴을 맞대고 있으면 싸움이 날 수밖에 없었다.

영하와 태우는 매일 크고 작은 싸움을 했고 태우는 영하에게 크게 화가 났을 때는 건을 트집 잡아 때렸다. 건은 자신이 잘못한 일이 없을 때도 그저 태우의 화풀이 대상이 되어 가정 폭력에 시달리게 되었다.

그나마 다행인 것은 태우가 영하와 시화에게는 손을 대지 않는다는 것이다.

건은 점점 변해갔다. 집에 오면 항상 얼굴을 찌푸리며 자신을 노려보는 태우, 항상 울고 있는 영하, 방에서 나오지 않는 시화.

행복했던 가정은 점점 기울어져 갔고, 건 역시 가족들과 있는 시간을 싫어했다. 그나마 오빠를 좋아하는 시화는 건이 태우에게 맞은 후 몰래 방에 와서 약을 발라주며 울곤 했다.

"어이 브로우! 뭐야, 너 또 꼰대한테 맞은 거냐?"

얼굴에 여드름이 가득하지만 그리 못 생기지는 않은 평범해보이는 아이가 건의 어깨를 건드리며 말했다.

올해 고등학교 2학년이 된 건의 친구 주용이었다. 주용은 초등학교 6학년 때부터 건의 친구로 지내왔던 아이로 고등학교에 들어가서는 밴드부에 들어가 기타를 배웠다.

건에게도 같이하자고 말하고 싶었지만, 전교 최상위의 성적의 건에게 추천하기는 미안했던지 함께하자는 말은 못 하는 주용이었다.

건은 너스레를 떠는 주용을 보며 쓴웃음을 지었다.

"뭐, 하루 이틀이냐······."

건은 주용에게 항상 감사한 마음을 가지고 있었다. 처음 서울로 전학 와 표준어를 쓰는 친구들의 무수한 질문에 사투리를 쓰는 것이 창피했던 건은 한마디도 할 수 없었다.

벙어리처럼 답을 하지 못하는 건에게 지금과 같이 너스레를 떨며 다가온 주용은 건이 처음으로 마음의 문을 연 상대였기 때문이다.

주용은 건의 어깨동무를 하며 말했다.

"아 이새퀴 키 졸라 크네. 어깨동무하기 버겁다 이제."

건은 주용을 내려다보며 웃었다.

"난쟁이가 어딜 기어올라? 이 손 내리지?"

주용은 눈을 크게 뜨고 주먹으로 건의 가슴을 때리는 시늉을 하며 말했다.

"와 이 부산 촌놈이 서울 적응하게 해준 형님을 무시해? 나 175 넘거든? 니가 큰 거거든? 오늘 원 펀치 쓰리 강냉이 한번 보여줘? 슉슉!"

건은 새도복싱을 하는 주용을 보고 고개를 절레절레 저으며 뒤를 힐끗 보았다.

"헛소리 말고, 근데 등에 그거 기타야? 오늘 연습하는 날인가?"

주용은 뿌듯한 표정으로 등에 멘 기타 가방을 바닥에 내려놓았다.

"웅. 오늘 연습 있지, 푸하하! 이 형님이 말이다, 여름 방학 내내 롯데리아에서 알바해서 번 돈으로 사신 기타다. 구경 한번 해 볼텨?"

주용은 건의 대답 따위는 필요하지 않은 듯 하드 케이스의 잠금장치를 풀었다.

가격대가 있는 기타임을 자랑하듯 소프트 케이스가 아닌 하드 케이스에 고이 담겨 있던 기타가 모습을 드러냈다. 건은 반질반질 윤기가 나는 기타를 보며 탄성을 뱉었다.

"와아…… 되게 예쁘게 생겼다. 노란색 기타네?"

주용은 조심조심 기타를 꺼내 들었다.

"1952년 형 Fender Telecaster 정식 명칭은 American Vintage `52 Telecaster지. Ash 바디에 메이플Neck! 내 꿈의 기타를 드디어 손에 넣으셨도다. 이날을 위해 지난 겨울 방학 때는 신문 배달, 여름 방학 때는 햄버거를 만들며 뺑이치셨지. 크하하!"

건은 뭔가 화려하고 대단한 이름을 가진 기타치고는 심플하게 생긴 텔레케스터에 다가갔다. 주용이 많이 아끼는 것 같아 만져 볼 생각은 못 하고 요리조리 고개를 돌려가며 자세히 보기만 했다.

그 모습을 본 주용이 씨익 웃으며 기타를 내밀었다.

"이봐! 브로우, 한번 잡아봐. 특별히 허락해 주지. 340만 원짜리 기타니 조심이 다뤄달라고."

건은 엄청난 고가의 기타 가격에 크게 놀라며 기타를 받아들었다.

"340만 원? 그렇게 비싼 기타야? 알바를 얼마나 해야 그 돈을 버는 거냐?"

주용은 킬킬 거리며 손을 허리에 올렸다.

"내가 씨바, 아재 버거를 아재 될 때까지 만들었다. 하루에

8시간씩 일하고도 부족해서 잔업까지 도맡아서 해주니까 매니저 누나가 정직원 시켜준다더라, 킬킬."

건은 기타를 배워본 적이 없어 제대로 자세를 잡진 못하고 넥에 왼손을 올리고 오른손으로 기타를 받치는 자세만 취해보았다.

주용은 그런 건을 보며 외쳤다.

"오우, 브로우! 역시 자네는 잘생겨서 그런지 기타만 잡아도 아우라가 흘러 나오는구만! 이거이거 Guns N' Roses가 보면 난리 나겠는데? 크하핫!"

Guns N' Roses는 1980년대 후반에 데뷔하여 90년대에 큰 인기를 얻었던 밴드이지만, 여기서 말한 Guns N' Roses 는 건의 팬클럽 이름이었다.

단순히 건과 장미들이란 뜻으로 지은 이름이라 처음엔 Gun & Roses였지만, 동명의 밴드가 있다는 걸 안 클럽 멤버들은 Guns N' Roses가 더 있어 보인단 이유로 이름을 변경했다.

건과 주용이 다니던 광남 고등학교를 시작으로 건이 다니던 독서실에서 우연히 건을 본 다른 학교의 여학생들까지 이제는 300명이 넘어가는 규모를 가진 팬클럽으로 성장한 Guns N' Roses였다.

건은 기타를 주용에게 돌려주며 말했다.

"하아…… 게네 이야기하지 마라. 안 그래도 집에 전화해서 내가 받지 않으면 끊는 전화가 하도 많이 와서 그걸로 트집 잡혀서 맞고 나오는 길이다."

주용은 기타를 받으며 눈을 찡그렸다.

"뭐? 그런 일이 있었어? 이런 씨바…… 알았어, 나한테 맡겨 둬. 그런 일은 회장과 직접 담판을 지어야지. 내가 이따 주희한테 말해놓을게."

황주희는 Guns N′ Roses의 회장으로 건과 주용이와는 같은 중학교 출신이었다. 귀엽고 작은 외모와는 다르게 카리스마 있는 그녀의 말을 거역할 Guns N′ Roses 멤버는 없었다.

일례로 건이 중학교 3학년 때 집 앞에 사생팬이랍시고 죽치고 앉은 여자아이들을 멤버를 끌고 출동해 정리한 다음 Guns N′ Roses에서 강제로 퇴출한 사건은 유명했다. 밴드부의 키보드 담당이기도 한 그녀였기에 주용이와는 친하게 지내고 있는 아이였다.

주용은 기타를 하드 케이스에 집어넣으며 말했다.

"브로우, 오늘 학교 끝나고 뭐해? 너 집에 가봐야 아버지한테 맞거나 할 텐데 차라리 우리 연습하는 거 구경 오지 않을래? 주희가 너 온다고 하면 뭔 짓이든 다 할 텐데."

건은 가만히 생각했다. 예전부터 밴드에 대해 궁금하기도 했고, 집에 가봐야 또 갖은 핑계로 때릴 궁리만 하는 태우의 모습을 생각하니 미간이 찌푸려졌다.

"알았어, 오늘 한번 가볼게. 이따 같이 가자."

주용은 케이스를 등에 메며 외쳤다.

"오우, 좋았어! 오늘 주희한테 떡볶이 쏘라고 해야겠다, 킬킬."

둘은 웃으며 학교로 향했다.

4교시가 끝나고 점심시간.

건은 점심시간에 조용히 학교 뒤 화단을 걷는 것을 좋아했다. 하지만 조용히 산책을 즐기는 건의 모습과는 다르게 건이 소속된 2학년 4반은 시끄러웠다.

건이 오늘 밴드부에 온다는 소문이 무성했기 때문이다.

"주용 오빠! 건이 오빠가 오늘 밴드부 연습에 놀러 온다는 거 정말이에요?"

주용을 빙 둘러싼 1학년 여학생들은 처음에는 세 명이었지만, 점점 늘어 지금은 스무 명이 넘었다.

주용은 평소에 밴드부에 관심도 안 주던 여학생들의 관심에 어깨를 으쓱하며 말했다.

"푸하하! 그래, 이 몸이 건의 밴드부 방문을 성사시킨 장본인이시다. 경배하라 신도들아, 크하하!"

여학생들은 주용에게 경배의 포즈를 취하며 비명을 질렀다.

"꺄아아악, 어떡해. 진짜인가 봐!"

"어머 어머, 어쩌지 나 오늘 향수 안 가지고 왔는데…… 지혜야 나 향수 좀 빌려줘, 립글로즈도!"

"우리 건 님이 지난번 수학여행 때 쓰고 버린 티슈 팔아요!"

"꺄악, 나 오늘 어때? 괜찮아?"

여학생들은 저마다 소리를 지르며 기뻐했다.

주용은 잠시 관심을 받았지만 이내 무관심 상태가 되어 버린 자신을 발견하고는 고개를 저었다.

"근데 니들 밴드부 연습 구경 오려면 주희 허락받아야 할걸?"

순간 여학생들이 조용해졌다. 약간 겁을 먹은 듯한 여학생들은 이내 우울해졌다. 주희 선배의 허락을 받을 수 있을 리가 없기 때문이었다.

공개된 장소라면 모를까 연습을 해야 하는 밴드부에 가면 꺅꺅거리는 자신들을 용서하지 않을 것이기에 말도 꺼내 볼 수 없는 후배들이었다.

지이잉, 지이잉…….

두둥, 두두둥…….

쿵짝쿵짝쿠다다다.

서울 성수동 지하에 위치한 합주실.

밴드부 멤버들이 저마다 악기의 조율을 하기 시작했다.

Guns N' Roses 회장의 카리스마를 발휘한 주희는 밴드부 외에 엄선한 Guns N' Roses 회원 다섯 명만 오늘 연습 구경을 허락했다.

저마다 기타를 어깨에 메고 서 있는 밴드부 멤버 외에 간이 의자에 앉아 있는 아이들은 모두 참관을 위해 온 팬클럽 회원이었다.

"어, 음. 주…… 주용이는 어…… 언제 온다냐?"

밴드에서 베이스 기타와 보컬을 맡고 있는 호건은 익숙하지 않은 여학생들의 향기가 좁은 합주실에 가득한 것이 영 적응되지 않는지 말을 더듬었다.

쭈그리고 앉아 기타 이펙트를 점검하던 성규가 일어나며 말했다.

"어, 어……. 거…… 건이 데리고 같이 온다던데, 고…… 곧 올걸?"

성규 역시 긴장하기는 마찬가지인가 보다. 그나마 제정신인 드러머 진욱이 말했다.

"건이 또 길거리 캐스팅 걸린 거 아냐? 걘 길거리에 무방비 상태로 다니면 꼭 기획사 애들 꼬이잖아."

"꺄아아악, 또? 길거리 캐스팅 또 당한 거야? 건 님?"

앉아 있던 소녀들에게서 비명이 터져 나왔지만 무서운 눈을

부라리고 있는 주희를 보더니 이내 조용해지는 Guns N'
Roses 멤버들. 건반에 올린 손이 긴장으로 하얗게 질린 주희
가 말했다.

"주용이가 같이 있으니까 금방 올 거야. 초대 손님 앞에서
창피하지 않게 손이나 풀어 두자."

　진욱이의 예상과 같이 건은 주용과 함께 성수역 3번 출구
근처에서 자신을 대형 기획사 실장이라 소개한 사람에게 한참
을 잡혀 있었다.

　관심 없다고 분명히 말했지만, 건의 엄청난 외모를 본 실장
은 쉽게 건을 놓아주지 않았다.

　모델이나 배우가 되면 얼마나 화려한 생활을 할 수 있는지,
얼마나 많은 돈을 벌 수 있는지 어필하기 위해 최선을 다했다.

　모델이나 연기자에 관심이 없어 거듭 거절하는 건에게 기어
이 자신의 명함을 넘겨준 후에야 둘을 놓아준 실장은 건의 뒷
모습에서 눈을 떼지 못했다.

　주용은 그런 실장을 힐끗힐끗 뒤돌아보았다.

　"야! 저 아저씨 아직도 너 보고 있다. 혹시 게이는 아니겠지?
킬킬, 근데 뭐야? 슈먼 엔터테인먼트? 이건 뭔 듣보잡이냐?"

　주용은 건과 함께 다닌 지 오래되어 길거리 캐스팅에 설렘
은 없었다. 중학교 1학년 때부터 건과 함께 다니면 들러붙는

수많은 매니지먼트 회사의 사람들을 만나보았기 때문이었다.

건은 그런 주용을 보며 받은 명함을 버렸다.

"나 그런 취미 없다, 이놈아. 그나저나 우리 늦은 것 같은데 너 주희한테 얼굴 긁히고 싶냐?"

주용은 잠시 얼굴이 경직되었지만 이내 표정을 풀었다.

"후훗, 오늘은 늦어도 내게 뭐라고 할 만한 사람은 없으시다, 이거야. 크하하!"

건은 고개를 갸웃하며 물었다.

"왜? 지난번에 지각해서 주희한테 꼬집혔다며? 이젠 포기한 건가?"

주용은 이를 드러내며 웃었다.

"킬킬, 주희 고 계집애라고 해도 건이 앞에서 폭력을 쓸 수는 없겠지. 푸하하!"

안심하고 있는 주용이었지만 혹시 모르니 발걸음을 빠르게 해 합주실로 향했다.

합주실 문을 여니 열심히 손을 풀고 있던 멤버들의 시선이 집중되었다.

"어이어이, 늦어서 미안해 친구들."

너스레를 떨며 잽싸게 기타를 꺼내든 주용이 말했다.

주용은 기타를 꺼내면서 조심스럽게 주희의 눈치를 살폈다. 하지만 예상대로 주희는 지각한 주용은 안중에도 없는지 간이 의자에 앉는 건의 모습에서 눈을 떼지 못했다.

　호들갑을 떨며 간이 의자를 펼쳐주는 팬클럽 멤버들을 보며 속으로 웃음을 터뜨린 주용이 기타 잭을 꽂으며 말했다.

　"좋아! 멤버들도 다 모였으니 시작해 볼까? 첫 곡은 Nirvana의 Smells Like Teen Spirit으로 하자.

　Nirvana는 미국의 얼터너티브록 그룹으로 1990년대 초반, 그런지와 얼터너티브록 음악을 대중화시킨 밴드다. 1987년 미국 워싱턴주 애버딘에서 결성된 Nirvana는 '열반'이라는 뜻을 가진 불교 용어를 밴드명으로 사용하였고 90년대 후반인 현재 학생 밴드들의 커버 순위 1위의 밴드였다. 1994년 4월에 리더인 커트 코베인이 27세의 나이로 권총 자살한 후 더욱 유명해졌다.

　사실 밴드부가 Nirvana의 곡을 주로 카피하는 것은 우선 베이스 기타이자 보컬인 호건의 노래 실력이 좋지 않다는 이유와 네다섯 개의 코드로만 진행되는 단순한 구조의 쉬운 곡들이 대부분이라는 이유 두 가지였다.

　Nirvana의 리더이자 작곡가인 커트 코베인은 쉬운 코드 진행으로 임펙트 강하고 중독성 있는 음악을 만든 사람이었다. 그래서 더욱 인정받은 뮤지션이었다.

얼터너티브보다는 메탈을 좋아했던 주용은 여학생들에게 인기 많은 Skid Row를 카피해 보자는 어필을 해왔으나 엄청난 고음의 곡들을 소화할 실력이 안 되던 호건의 반대로 번번이 무산되었다.

하지만 밴드의 연주 실력은 수준급이었다. 쉬운 곡이기는 하지만 Nirvana 특유의 느낌을 잘 살린 전주가 흐르고 쉿소리가 나는 커트 코베인의 음색을 따라 한 호건의 목소리가 흘러나왔다.

건은 최근 인기를 얻고 있는 얼터너티브나 펑크보다는 하드록이나 정통 메탈을 즐겨들었다. 하지만 Nirvana는 중학생 건에게 큰 충격을 주었던 밴드였던 만큼 간이 의자에 앉아 눈을 감고 음악을 즐겼다.

밴드 아이들은 Smells Like Teen Spirit을 시작으로 Breed, Territorial Pissings을 연속으로 연주하고는 잠시 쉬었다.

연주에 푹 빠져 땀을 흘린 주용은 잠시 쉬는 동안 물을 마시며 건반 앞에 앉은 주희를 힐끗 보고 말했다.

"주희야! 이제 건반 나오는 곡 할 거니까, 준비해."

Nirvana의 곡에는 건반이 등장하지 않기에 세 곡을 연주하는 동안 음악을 감상하는 건만 멍하니 바라보던 주희는 주용의 부름에 정신을 차렸다.

"으…… 응. 무슨 곡부터 할 건데?"

주용은 고민이 되는지 골똘히 생각하다 말했다.

"음……. 마음 같아선 The Doors 노래를 해보고 싶은 데…… 지난번에 악보도 나눠줬으니 연습은 되었을 테고 말이야. 어때 호건아? 해볼 수 있겠어?"

호건은 주용의 물음에 얼굴을 굳혔다.

"야, 짐 모리슨 보컬이 아무나 되는 건지 아냐? 걔네 노래는 잘못하면 그냥 병신 되는 거야. 집에서 혼자 불러도 병신 같아서 얼굴이 빨개지더라. 그냥 쉬운 거로 하지그래?"

자신이 없는지 얼굴을 붉히는 호건의 모습에 주용은 건을 돌아봤다.

"건아, 너 여기까지 왔는데 한 곡 해봐. 너 The Doors 노래 알지? 어릴 때부터 맨날 들었잖아. 다 봤어, 인마."

건은 갑작스레 자신에게 노래를 시키는 주용을 큰 눈으로 바라보았다. 주위를 둘러보니 밴드 아이들과 팬클럽 멤버들도 모두 기대에 찬 눈으로 자신을 바라보고 있는 것이 보였다. 건은 쓴웃음을 지으며 말했다.

"너, 솔직히 나 노래시키려고 데려왔지?"

주용은 웃으며 기타를 튕겼다.

"푸하하, 걸렸네. 솔직히 너 노래 잘하잖아. 중학교 1학년 크리스마스 파티 때 부른 캐롤송 듣고 나 기절할 뻔했었잖아, 기억 안 나냐?"

그랬다. 건은 중학교 시절 학교에서 진행한 크리스마스 행사에서 Wham의 Last Christmas를 불러 가뜩이나 대단한 외모에 노래 실력까지 엄청나다는 사실이 밝혀졌다. 그 덕에 Guns N' Roses가 생긴 것이기도 했다.

밴드 멤버들 중 건의 노래를 들은 것은 주용과 주희가 유일했으나 워낙 둘에게서 건의 이야기를 많이 들어왔던 멤버들은 기대에 찬 표정으로 건을 보았다.

보컬인 호건이 마이크 스탠드를 건에게 넘겨주며 말했다.

"한 번 보여줘 봐, 건아. 소문만 무성하고 노래하는 걸 본 적이 있어야 말이지. Doors 노래 중 웬만한 건 다 연주할 수 있어, 어떤 곡 해볼래?"

건은 어쩔 수 없이 마이크 스탠드 앞에서 서며 말했다.

"그럼…… 목을 풀 겸 Been Down So Long부터 해볼까? 아! 주희야 미안해. 이 곡에도 건반은 안 나오네. 갑자기 높은 음 내기는 어려우니 이 곡으로 목 좀 풀게."

The Doors, 미국의 록 밴드로 1965년부터 1970년대 초까지 짧은 활동을 했던 밴드로 사이키델릭과 블루스, 재즈와 하드록을 모두 소화해낸 희대의 밴드이다.

리더였던 짐 모리슨이 1971년 7월 3일 프랑스 파리에서 27세의 나이로 심장마비로 사망하며 밴드는 해체되었으나, 그의 음울하면서 힘 있는 목소리와 레이만 자렉의 전자 오르간 연주는 현재까지 전설로 회자되고 있다.

진한 블루스의 향이 느껴지는 기타 전주가 시작되었다. 건은 마이크 스탠드 앞에 서서 눈을 감고, 짐 모리슨 특유의 음울하고도 깊은 저음을 떠올리며 노래하기 시작했다.

이미 건의 노래를 들어보았던 주용을 제외한 모두가 입을 떡 벌렸다.

베이스 기타를 치던 호건은 기타 줄에 손만 얹어두고 경악한 눈으로 건을 바라보았고, 성규는 어깨를 부르르 떨면서도 연주를 멈추지 않았다.

주희의 경우는 더 심했다. 입을 벌리고 몽롱하게 건을 바라보던 주희는 침이 흐르는 것도 모르고 입을 다물지 못했다.

간이 의자에 앉은 클럽 멤버들은 모두 몸을 베베 꼬며 어쩔 줄 몰라 했다.

C'mon and let the poor boy be
(이리와 그리고 불쌍한 소년이 되라)
…….

후렴구를 부른 건이 눈을 떠 주위를 바라보며 웃음을 지었다. 건의 웃음에 음울한 음색의 진한 블루스로 가득 찼던 합주실 안 분위기가 눈 녹은 봄처럼 화사해졌다.

연주가 멈추고 합주실은 이내 조용해졌지만, 누구도 입을 열지 못했다.

주용은 이런 상황이 올 것을 예상했는지 기분 좋은 표정이었다.

그때 문이 벌컥 열렸다. 합주실 문을 연 30대로 보이는 사내는 경악한 표정으로 외쳤다.

"바, 방금! 그 연주 너희들이 한 거니?"

문을 연 사내는 합주실의 주인인 인태였다. 인태는 고등학교 시절부터 밴드를 하다가 대학을 진학 후 보통의 회사에 다녔지만, 곧 조직 생활에 환멸을 느끼고 합주실을 열어 좋아하는 친구들과 가끔 연주도 하며 장사를 하는 사내였다.

주말에는 합주실이 꽉 찰 만큼 예약이 많았지만, 오늘 같은 평일에는 대여섯 팀만이 연습실을 찾아왔기에 카운터에 앉아 기타를 만지며 합주실에서 들려오는 Doors의 전주에 피식 웃음을 지었었다.

"고등학생 밴드가 소화하기에는 어려운 곡이지. 연주는 그렇다 치고 짐 모리슨의 보컬은 어쩔 건데?"

맹랑한 고등학생들을 같잖게 생각하던 인태의 표정은 첫 소절이 흘러나오자마자 경악으로 바뀌었다.

"이…… 이럴 수가!"

인태는 벌떡 일어나 합주실 문틈에 귀를 대보았다.

합주실 안에서는 여전히 건이 노래하고 있었고, 시간이 갈수록 경악에 찬 그의 눈이 점점 커졌다. 연주가 끝나고 참을 수 없었던 인태가 문을 열고 난입한 것이다.

인태는 놀란 눈으로 자신을 보는 아이들은 아랑곳하지 않고 마이크 스탠드 앞에 서 있는 건에게 다가갔다.

"너니? 방금 노래한 게?"

건은 얼떨떨하게 고개를 끄덕였다.

인태는 건의 어깨를 두 손으로 꽉 쥐었다.

"멋졌어! 합주실 연지 4년 만에 너처럼 노래하는 사람은 처음 봤다. 너희들 오늘은 이 형님이 쏠 테니 연습 끝나고 밥 먹자!"

밴드 아이들은 환호했다. 합주실 이용가격은 그리 비싸지 않았지만, 아직 학생인 그들은 서로 나누어 내야 할 정도로 부담되는 금액이었기에 연습이 끝나면 고픈 배를 쥐어 잡고 컵라면으로 식사를 때웠었기 때문이다.

인태는 합주실 문을 나서면서도 끝까지 건에게 눈을 떼지 않고 말했다.

"특히 너, 넌 꼭 와라. 너 안 오면 안 산다, 알았지?"

건은 여전히 얼떨떨한지 어리둥절한 표정으로 미미하게 고개를 끄덕였다.

얼마 후 가장 먼저 정신을 차린 것은 팬클럽 멤버들이었다.

꺅꺅 소리를 질러대는 멤버들 때문에 계면쩍은 표정으로 뒤통수를 긁어대는 건의 모습을 보고 정신을 차린 주희의 호통이 이어지기 전까지 밴드 아이들도 정신을 차리지 못했다.

다시 연습이 이어지고, 건은 한 곡을 더 부르고는 연습을 마쳤다.

인태가 성수동 합주실 근처의 삼겹살집으로 데려온 아이들은 열 명이 넘었다. 밴드 멤버뿐 아니라, 건과 조금이라도 더 함께 있고 싶어 하는 팬클럽 아이들까지 따라오는 것을 본 인태는 잠시 당황했지만, 이왕 쏘는 것 제대로 쏘자는 마음이었는지 웃으며 삼겹살집으로 향했다.

"자자, 아직 고등학생이니 술은 안 되지만 음료수로라도 건배하자고!"

불 판위에 지글지글 익어가는 삼겹살을 보며 소주 한잔을 따른 인태는 잔을 들고 호기롭게 외쳤다.

인태가 술잔을 들자 아이들은 엉겁결에 자신들 앞에 놓인 콜라 잔을 들어 건배에 동참했다.

독한 소주를 한입에 털어 넣은 인태는 여자아이들에 둘러싸인 건을 바라보았다. 한쪽 구석에 밴드 멤버들이 앉아 있지만, 건의 주위에는 주희를 비롯한 여자아이들이 바리케이트를 형성하고 있었다.

"건 님, 아 해보세요, 아!"

"건 님, 이것도 드셔보세요. 이게 남자한테 그렇게 좋대요, 호호."

"건아, 콜라 더 줄까? 아니면 환타로 줄까?"

너도나도 건에게 들러붙어 쌈을 싸주거나 시중을 들고 있는 여자아이들을 본 인태가 웃으며 말했다.

"휘유! 역시 남자고 여자고 잘생기고 봐야 한다니까. 짜식, 진짜 생긴 거 하나는 끝내주네."

넉살 좋게 웃는 인태를 보며 건이 멋쩍어했다.

"형, 저희 때문에 돈 너무 많이 쓰시는 거 아니에요? 저희 열 명도 넘어서 부담되실 텐데……."

인태는 삼겹살 한 점을 집어 쌈장도 찍지 않고 입에 넣으며 말했다.

"이 형이 이래 봬도 사장님이거든? 큰돈 벌이는 못 해도 먹고살 만하니 걱정하지 말고 많이 먹어, 인마."

아이들은 와아하고 소리를 지르며 걸신들린 듯 먹어댔다.

삼겹살에 냉면까지 시켜먹고 부른 배를 웅켜 잡은 아이들은 자리를 옮겨가며, 삼삼오오 모여 수다를 떨기 시작했고, 인태는 간신히 건의 옆자리가 비었을 때 그의 옆으로 와 앉았다.

"건이라고 했지? 너 보컬 트레이닝 받은 거니? 누구한테 배웠어?"

자리에 앉자마자 득달같이 질문을 퍼붓는 인태에게 답한 것
은 건이 아닌 주용이었다.

"형, 건이 그런 거 배운 적 없어요. 얜 공부만 하는 애거든
요. 사실 공부도 천재급이죠, 맨날 전교 1등에다가 얼마 전 모
의고사에서도 전국 100등 했어요."

인태는 눈썹을 꿈틀하며 물었다.

"전국 100등? 아…… 아니, 그게 문제가 아니라 노래를 배운
적이 없다고? 사실이야?"

건이 고개를 끄덕이며 답했다.

"네 형. 트레이닝을 받은 적은 없고 굳이 배운 사람을 꼽자
면 음악을 하는 모든 사람이라고 할 수 있어요. 그냥 어릴 때
부터 음악 듣는 걸 좋아해서 여러 뮤지션의 음악을 많이 들었
거든요."

인태는 경악한 표정으로 물었다.

"아니, 그럼 배운 적도 없이 그런 발성을 낸단 말이야? 합주
실 밖에서 듣기는 했지만 거의 완벽한 발성이었는데? 너 혹시
천재냐?"

건은 웃으며 고개를 저었다.

"에이, 천재는 무슨. 합주실 밖에서 들으셔서 그런 거예요.
그냥 애들 수준밖에 안 돼요."

겸손을 떠는 건을 보며 인태가 고개를 저었다.

"건아, 잘 들어. 내가 합주실 하는 별 볼 일 없는 자영업자 나부랭이이긴 해도 듣는 귀 하나는 타고났다. 비록 음악으로 먹고살기엔 재능이 일천해서 밴드로 성공하진 못했어도 레코드집 아들이었다, 이거야. 어릴 때부터 들어온 음악이 몇만 곡인 줄 알아? 희대의 명반부터 허접스러운 쓰레기 음반까지 안 들어본 앨범이 없어.

네가 부른 노래는 짐 모리슨의 노래였지, 뭐랄까…… 좀 더 미성에 신비로운 목소리를 내는 짐 모리슨이랄까? 그런 느낌이었어. 네 나이에 그의 목소리를 흉내 낼 수만 있어도 천재 소리를 들어 마땅한 거야."

건은 손을 휘휘 저으며 말했다.

"짐 모리슨은 어릴 때부터 많이 듣고 자라서 그래요. 천재라니요, 당치도 않아요, 하하."

인태는 계속해서 겸양을 떠는 건을 보며 고개를 저었다.

"건, 네 재능을 썩히는 건 낭비야. 공부 잘한다며? 너희 집 잘 사냐?"

인태의 물음에 콜라를 입에 가져가던 주용이 말했다.

"원래 중산층 소리는 들었으니 광장동 아파트 단지에 살았겠지만, 지금은 좀 안 좋다고 하던데요."

인태는 갑자기 끼어든 주용을 바라보다 건을 보며 말했다.

"그럼 너 말이야, 아르바이트 한 번 안 해볼래?"

건은 고개를 갸웃하며 말했다.

"아르바이트요? 어디 카페 같은 곳에서 노래하거나 하는 것 말인가요? 그건 좀 싫던데…… 창피하기도 하고."

인태는 고개를 저으며 말했다.

"아니야. 내 친구가 방송용 음악을 만드는 친구가 있는데, 아 드라마 OST 같은 것 말이야. 메인 테마말고도 드라마 하나에 여섯 개 정도의 삽입곡이 들어가거든.

메인 테마는 유명 가수를 섭외해서 쓰는 것이 보통이지만 나머지 삽입곡은 신인들도 많이 쓰곤 해. 네 실력이면 곡당 오십만 원은 받을 수 있을걸? 녹음도 달랑 하루면 끝나, 어때?"

건은 눈을 크게 뜨고 말했다.

"하루에 오십만 원이요? 그렇게 많이 줘요?"

인태는 웃으며 말했다.

"야. 그 드라마 메인 테마 부르는 가수는 곡당 천만 원도 넘게 받아, 인마. 너도 유명해지면 충분히 가능해."

건의 용돈은 한 달에 오만 원 수준이었다. 주변 친구들에 비해 매우 적은 액수지만 끼니 걱정하고 사는 아이들도 있는 터라 적다고 생각하진 않았다. 하지만 하루에 자신의 열 달 치용돈을 벌 수 있다는 말에 귀가 솔깃해졌다.

건이 고민하는 듯하자 주용이 기타를 들어 올리며 말했다.

"인태 형, 혹시 기타 세션 알바는 안 필요하신가요?"

인태는 그런 주용을 보며 웃었다.

"야 인마, 네 실력으로 무슨 알바야? 연습이나 더해라."

킬킬거리며 주용과 투덕거리던 인태는 다시 건을 보며 물었다.

"어때? 해볼래?"

건은 고개를 끄덕이며 결심한 듯 말했다.

"폐 끼치지 않게 열심히 해볼게요. 형, 감사해요."

인태는 크게 고개를 끄덕이며 웃었다.

"좋아! 쇠뿔도 단김에 빼랬다고 당장 연결해 보지."

♪♪♩

서울시 강남구 청담동의 한 음악 스튜디오, 3층짜리 작은 건물이지만 느낌 있는 붉은 벽돌로 지어진 건물 앞에는 고급스러운 검은 돌 간판에 'Studio Experience'라는 글자가 양각되어 있었다.

2층에 있는 녹음실은 녹음을 위한 공간과 프로듀서의 작업 공간이 분리되어 있었는데, 밝은 나무 벽으로 이루어진 인테리어가 고급스러웠다.

프로듀서 작업 공간에는 여러 개의 엠프와 두 대의 컴퓨터가 갖춰져 있었고, 그 앞에서 30대 중반의 엔지니어와 프로듀서로 보이는 30대 후반의 남자가 이야기를 나누고 있었다.

OST 전문 프로듀서인 용태는 약간 짜증이 난 말투로 말했다.

"아 짜증 나네, 그 새끼 이름이 뭐라고? 감히 신인 주제에 펑크를 내?"

올해 엔지니어 8년 차인 은표는 쓴웃음을 지으며 대꾸했다.

"이름이…… 아 여기 있네요. 자이언트 릴이란 이름이네요."

용태는 은표가 보고 있는 종이를 빼앗아 구기더니 쓰레기통에 넣어버렸다.

"이딴 새끼가 뜨면 내 손에 장을 지진다. 대가리에 피도 안 마른 신인 놈이 펑크를 내? 하여튼 홍대에서 떠돌던 놈들은 자유와 방만의 차이를 모른다니까. 드라마 시작이 2주밖에 안 남았는데 이러면 나보고 어쩌라는 거야? 대체. 아오 빡쳐. 그 자식 릴이 낚시할 때 Reel 아냐? 진짜 Giant Reel이네, 개새끼!"

은표는 참으라는 듯 용태의 등을 툭툭 쳤다.

"어쩌겠어요, 형이 참으세요. 하는 짓 보니 앞으로 보고 살 일도 없을 것 같은데. 대신 오늘 인태 형님이 노래 부를 애 하나 데려온다고 하셨다면서요. 걔 하는 것 보고 결정해야겠지만 웬만하면 녹음하시죠."

용태는 주머니를 뒤져 담배를 꺼내 물었다.

"야, 고삐리란다, 고삐리. 그것도 지가 하는 합주실에서 노래 좀 한다는 애 데리고 오려나 본데. 이거 KVN 드라마라고, KVN 몰라? 케이블이라고 하지만 엄청난 드라마가 나오는 방송사란 말이야. 고삐리로 녹음했다가 퀄리티 안 나오면 PD가 분명히 깔 텐데 내 커리어는 어떻게 되냐? 아오."

은표는 웃으며 말했다.

"에이, 그래도 형. 인태 형님이 쉰 소리 하는 분도 아니고, 듣는 귀 하나는 전문가 버금가는 분이신데, 아무나 데리고 오시겠어요? 한번 보기나 하죠."

용태는 담배에 불을 붙이며 말했다.

"인태 놈 아니었으면 들어보지도 않았지. 그놈이 나 중학교 때부터 동창인데, 아버지가 레코드점을 하셨거든? 그래서 그런지 음악적 상식은 나 이상이야, 듣는 귀도 제법이고. 그러니 시간을 내 준거지."

은표는 고개를 끄덕이며 재떨이를 밀어주었다.

"그래요, 형. 기대는 안 하지만 그래도 대충 녹음할 만한 애라도 데려와 주실 거예요."

그때 용태의 전화벨이 울렸다. 용태는 담배를 문 채 전화를 들었다.

"어, 인태냐? 왔어? 아 1층, 기다려 내가 내려갈게."

용태는 담배를 문 채 계단을 내려갔다.

1층 문은 관계자에게만 주는 카드키를 인식해야만 열리는 도어락이 있어 용태가 직접 문을 열어주러 내려가야 했다. 1층 문을 연 용태의 눈에 인태와 건이 들어왔다.

용태는 인태와 반갑게 악수를 했다.

"간만이지? 마지막이 강남 알찜집에서 소주 마시다 뻗은 거였지, 아마? 한 두어 달 됐나?"

인태는 웃으며 용태를 보았다.

"그래 짜식아, 잘 지냈나?"

"말도 마라, OST 하려던 신인 놈이 펑크 내는 바람에 은표랑 내 똥꼬에 불붙었다. 그런데, 재야? 키 엄청 크네? 이름이 뭐냐?"

건은 살짝 고개를 숙이고 있다가 얼굴을 들고 예의 바르게 인사했다.

"안녕하세요, 프로듀서님. 김 건이라고 합니다.

용태는 건과도 악수하기 위해 손을 뻗었다가 건의 얼굴을 제대로 마주 보고 경악했다. 건이 손을 마주 잡았지만, 턱이 빠질 듯 입을 벌리고 있는 용태는 건에게서 눈을 떼지 못했다.

그런 용태를 본 인태는 피식 웃으며 말했다.

"새끼, 나도 처음엔 그랬다. 저놈이 잘생기긴 무지하게 잘생겼지. 어이, 이봐. 정신 차려, 인마. 언제까지 밖에 세워둘 거냐, 들어가자고!"

용태는 자신을 잡아끄는 인태를 보며 겨우 정신을 차리고는 둘을 2층으로 데리고 올라갔다.

2층 작업실 문을 열고 들어가자 인태를 알아본 은표가 반갑게 인사를 나눴고, 뒤늦게 따라 올라온 건을 본 은표 역시 입을 다물지 못했다.

"저…… 저 사람인가요? 오늘 녹음할 사람이? OST가 아니라, 드라마에 출연해야 할 것 같은데요?"

용태 역시 다시 봐도 잘생긴 건을 보며 말했다.

"그러게 말이다. 내가 웬만한 아이돌이나 배우들 많이 봤지만 저렇게 잘생긴 애는 처음 보네. 그냥 잘생겼다던가, 미소년이라던가 하는 게 아니라, 뭐랄까…… 뱀파이어나 어디 제국의 황태자 같은 느낌 안 나냐? 분위기도 그렇고."

은표도 동의하는지 고개를 끄덕이며 말했다.

"진짜 그러네요, 뭔가 퇴폐적이기도 한데 눈빛은 선하고……복합적인 매력이 있어요."

건은 자신의 외모를 가지고 갑론을박하는 둘 사이에서 부끄러워하고 있었다. 인태는 그런 둘을 보고 책상을 두들기며 말했다.

"이봐, 이봐! 지금 뭐 하는 거야? 가수가 왔으면 악보라도 내놓고 어? 음악 이야기를 해야 할 것 아니야? 도떼기시장 통 아줌마들도 아니고 애 부끄러워하는 거 안 보여?"

면박을 주는 인태의 말에 용태가 계면쩍게 웃으며 건에게 세 장짜리 서류를 건넸다.

"미안, 미안, 자 이게 오늘 녹음할 악보야. 뒤에는 드라마 시 놉시스가 있고, 드라마 내용을 알아야 감정을 실을 수 있을 테 니 시놉도 꼼꼼하게 보도록 해. 뒤쪽 소파에 앉아서 보고, 시 간이 많지는 않으니 빠르게 파악하고, 질문이 있으면 바로바로 물어봐."

건은 예의 바르게 두 손으로 서류를 받아 들고 소파에 앉았 다.

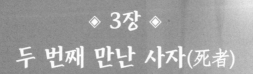

◈ 3장 ◈
두 번째 만난 사자(死者)

드라마는 사극이었다. 남자 주인공은 양반집 자제였고 여자 주인공인 자신의 집 여자 종과 사랑에 빠진다.

하지만 결국 이 사실이 알려지고 노한 아버지가 여자 종을 죽이려 하자, 동생을 구하기 위해 여자 종의 오라비가 집에 불을 지르고 남자 주인공의 아버지를 살해한 후 도망친다.

자신의 아버지를 죽이고 집에 불을 질러 집을 쑥대밭으로 만든 종들을 잡기 위해 추종꾼이 된 주인공은, 도망간 여자 종과 그 오라비를 잡으려 혈안인 것처럼 보였다.

하지만 여전히 여자 종를 사랑해서 꿈에도 그리워하고, 결국 찾았지만, 이미 남자 주인공이 죽은 것으로 알고 있던 여자는 다른 남자를 만나 사랑하고 있었고, 주인공은 피를 토하는 심정으로 그것을 지켜보게 된다.

"와 드라마 내용 엄청 재미있네요. 그런데 왜 내용이 끊겨요? 이다음 내용은 아직 안 나온 건가요?"

건이 시놉시스를 읽고 나서 물었다.

용태는 그런 건을 보며 고개를 끄덕였다.

"원래 이 바닥이 쪽 대본이 난무하지. 아무래도 시청자들 반응을 보고 움직여야 하거든. 뭐 대충 듣기로는 그 여자 종이 사랑하는 남자랑 주인공이랑 대립 관계가 되지만 결국 여자의 행복을 원하는 주인공이 그 남자를 도와주다 죽는다는 비극적인 이야기라고 하더라."

건은 안타까운 듯한 표정으로 시놉시스를 다시 보았다.

"그렇군요. 해피 엔딩이면 좋았을 텐데."

용태가 건 옆 소파에 앉으며 말했다.

"요새는 새드 엔딩이 더 먹혀. 자 이 노래는 주인공이 여자 종의 오라비에게 부모를 여의고 추종꾼이 되지만 매일 밤, 그녀를 그리워하며 답답해하는 노래야. 어떤 느낌으로 불러야 할지 알겠어? 그냥 사랑하는 사람에 대한 그리움만 묻어 나오는 감정처리가 아니라, 죽여야 하는 여인이지만 너무 사랑했고, 결국 찾았지만, 그녀의 행복을 위해 다가가서는 안 된다는 것을 아는 주인공. 자기가 아닌 다른 사람과 행복한 그녀를 보고 싶지 않지만, 위험에 처한 둘을 도와주어야 하는 주인공의 심정이 녹아 있어야 해. 무슨 말인지 알겠어?"

건은 고개를 살짝 끄덕이며 말했다.

"대충 감은 오는 것 같은데 몇 분만 시간을 주시겠어요?"

용태가 가만히 건의 눈을 바라보다 고개를 끄덕이자, 건이 눈을 감았다. 건이 집중하는 동안 용태와 인태, 은표는 조용히 그런 건을 바라보며 집중할 수 있도록 도와주었다. 건은 눈을 감고 드라마의 주인공이 되어 보았다.

얼마나 그립고 아팠을까? 사랑을 표현할 수 없어 얼마나 답답했을까?

만약 나라면, 나라면 어땠을까? 가족을 죽인 원수를 용서할 수 있었을까?

사랑하는 사람이 내 가족을 죽인 원수라면 난 과연 어떤 선택을 하게 될까?

도대체 얼마나 사랑하기에 원수를 위해 자신의 목숨을 희생할 수 있었을까?

건의 눈에서 눈물이 흘렀다. 건은 나직이 흐느끼다 악보를 바라보고 가사와 음표를 읽어 보았다. 약 십여 분간 속으로 노래를 불러본 건의 가슴이 터질 것 같았다.

이가 악물어지고 눈이 붉어졌다. 마음을 무겁게 짓누르는 답답함과 세상에 대한 분노로 소리를 지르고 싶은 지경에 이르러서 겨우 자리에서 일어나 녹음실 스튜디오 문을 열고 울음을 참는 목소리로 말했다.

"하…… 한 번, 불러보겠습니다."

용태는 건이 문을 닫자 은표의 옆자리에 앉아 내부와 연결된 마이크를 켰다.

"자, 처음 불러보는 것이니까 편하게 부르고, 부른 걸 한번 들어본 후에 코칭할게. 처음에 피아노 반주로 시작하고 기타 솔로가 나온 후 시작이다."

용태는 은표에게 고개를 끄덕이며 말했다.

"처음이니까 녹음 안 해도 돼. 반주는 MR 말고 정확히 음을 익히도록 백그라운드에 멜로디 라인 깔아주고."

그때 인태가 말했다.

"용태야, 바로 MR 틀어. 녹음도 하고."

용태가 무슨 소리냐는 듯 인태를 바라보며 말했다.

"뭔 소리야? 처음부터 녹음해서 어쩌게?"

인태가 슬쩍 웃으며 말했다.

"어차피 디지털 작업이라 돈 들어가는 것도 아닌데 어때? 나 믿고 한번 해봐."

용태는 그런 인태를 바라보다 고개를 저으며 은표를 보았다.

"좋아, 뭐 돈 드는 것도 아니고 손가락 몇 번 까딱하면 끝인데 뭐. 녹음해, MR 반주 틀어주고."

은표가 고개를 끄덕이며 반주를 틀어주고 녹음 버튼을 눌렀다.

스튜디오 안에서 아름다운 피아노 반주가 흘러나오고 곧 클래식 기타의 전주가 흘러나왔다.

건은 피를 토하는 심정이지만 참아내야 했던 주인공의 마음을 생각하며 감정을 억누르고 울음 섞인 가사를 토해냈다.

심장을 데인 것처럼.
……

누군가 빨갛게 달군 쇠로 가슴을 지지는 것처럼, 눈물이 흘러 볼이 패인 것처럼, 매일 잠을 이루지 못하고 하루를 일 년처럼 고통스럽게 사는 주인공의 마음이 건의 입을 통해 터져 나왔다.

용태는 두 눈을 크게 뜨고 경악했다. 은표 역시 경악한 눈으로 입을 쩍 벌렸다. 인태는 그런 둘의 모습을 예상했는지 구석에서 피식거리며 웃었다.

스튜디오에서는 건의 피맺힌 울먹임이 터져 나오고 있었다.

……;

어찌 잊을까.

적막이 흐르는 스튜디오.

노래가 끝났지만, 그 누구도 입을 열지 못했다. 용태와 은표
는 눈시울이 붉어진 채 스튜디오 안에서 울고 있는 건을 노려
보았다.

인태는 감정에 젖어 흐느끼는 건을 보고는 스튜디오 안으
로 들어가 건을 데리고 나왔다. 건의 어깨를 두드리며 잠시 밖
에서 바람이나 쏘이라고 말한 인태는 문을 열어 건을 내보내
고 용태에게 말했다.

"어때? 술 사야겠지?"

용태는 여전히 붉은 눈시울로 벌떡 일어나 인태의 어깨를
잡고 흔들었다.

"뭐, 뭐야? 저놈 뭐야! 고등학생이라며, 이게 말이 돼? 30년
경력 가수도 이렇게는 못 불러!"

은표는 일어날 힘도 없는지 티슈를 꺼내 눈물을 닦았다.

"말할 힘도 없네요, 전. 감정의 폭발이란 게 이런 거군요."

인태는 둘을 번갈아 보며 손가락을 들어 빙빙 돌렸다.

"어때? 코칭 할 거 있어? 한 번에 오케이지?"

용태는 어안이 벙벙한듯한 표정으로 의자에 털썩 주저앉

았다.

"뭘…… 어떻게 코칭하냐? 이런 노래에……."

은표도 고개를 끄덕였다.

"형, 이거 녹음 더해봐야 이 이상 안 나와요. 믹스나 마스터링 없이 그냥 갖다 줘도 클라이언트가 오케이 할 걸요? 이거 듣고 까면 PD 귀가 쓰레기인 거예요, 정말."

용태가 그런 은표의 뒤통수를 가볍게 갈기며 말했다.

"마스터링도 안 하다니, 이놈 자식아! 빨리 마스터링해. 이거 오늘 걸면 대여섯 시간 안에 끝나겠지? 내일이면 PD한테 보낼 수 있겠다."

용태는 다시 담배에 불을 붙이며 인태를 바라보았다.

"휴우, 안 그래도 PD가 녹음에 문제 생긴 거 알고 어찌나 닦달하던지 매일 같이 전화해댔는데 이제 볼 낯이 좀 있겠네. 인태, 네 덕이다. 고맙다, 인마. 역시 귀 하난 타고났어, 넌."

인태는 빙긋 웃으며 대꾸했다.

"하핫! 거봐, 인마. 날 믿으라니까. 너 술 제대로 쏴야 한다?"

용태는 기분 좋은 웃음을 터뜨리며 말했다.

"산다, 사. 내가 아주 고급 집으로다가 쏴 주겠어. 아, 물론 작업이 다 끝나고 PD가 오케이 하고 난 뒤겠지만 말이야."

그때 건이 다시 스튜디오로 들어왔다. 북받친 감정이 조금 진정되었는지 약간 상기되었지만 평온해신 안색으로 말했다.

"죄송해요, 프로듀서님. 제가 감정이 좀 북받쳤네요. 이제 녹음 시작하서도 될 것 같아요."

용태는 눈을 동그랗게 뜨고 건을 바라보다 은표와 눈이 마주치고는 웃음을 터뜨렸다.

"크하하하, 됐어. 이거면 됐어, 건아. 내가 스튜디오 만들고 한 번 녹음하고 오케이 한 건 네가 처음이다."

건은 놀란 듯 눈을 크게 뜨고는 소파에 앉아 있는 인태를 바라보았다. 인태는 그런 건을 보며 함박웃음을 지으며 어깨 동무를 했다.

"예쁜 놈! 하하하, 밥이나 먹으러 가자고. 위대하신 프로듀서님이 밥은 사시겠지!"

용태가 컴퓨터 의자에서 벌떡 일어나며 말했다.

"그래 밥 먹고 하자! 은표야 너도 마스터링 시작 버튼만 눌러 놓고 같이 가자. 오늘 같은 날은 고기 좀 먹어야겠다."

은표가 신난다는 듯 후다닥 컴퓨터를 만졌다.

"와우 PD님 그럼 오늘 소고기 먹는 건가요?"

용태가 그런 은표를 보며 주먹을 들어 올렸다.

"남자는 돼지, 삼겹살이지!"

은표와 손으로 뒤통수를 방어하며 말했다.

"아 왜, 맨날 삼겹살이에요? 돼지랑 원수지셨습니까? 지구에 사는 돼지 다 드실 거예요?"

용태는 은표가 방어하든 말든 손 위를 후려치며 말했다.

"야 이놈의 새끼야, 소고깃값이 얼만지 알어?"

은표가 가까스로 마스터링 스타트 버튼을 누른 후 후다닥 도망치며 말했다.

"아 쫌! 나이 서른도 넘은 동생 뒤통수 좀 그만 때려요. 소고기도 안 사주면서! 인태 형, 말 좀 해줘요!"

인태는 도망 다니는 은표를 보며 웃었다.

"남자는 돼지고기지."

은표는 배신감에 젖은 눈으로 인태를 노려보며 용태에게서 도망 다녔다. 용태는 인태가 편을 들어주자 더 신나게 은표에게 발길질해댔다.

건만이 여전히 영문을 모르겠다는 듯 어리둥절한 표정으로 셋을 번갈아 보고만 있었다.

밤 11시, 야근 천국답게 KVN 방송국이 위치한 서울 상암동 KJ E&M 센터는 불야성이었다.

24시간 방송이 계속되는 케이블 채널이기에 방송 편성 통제실에는 당직 근무자 두 명이 모니터를 보며 근무 중이었고, 드라마국과 예능국 역시 늦은 시간까지 닭장 같은 한 평짜리 편집실마다 피로에 찌든 PD들이 들어차 있었다.

드라마 '추종'의 PD 영석이 컵라면에 물을 부어서 편집실로 들어왔다.

"으챠챠, 아 눠 국물 쏟았네. 두 주만 있으면 드라마 시작이라 예고편 만드느라 3일째 집에도 못 갔는데, 그나마 옷에 안 묻은 게 다행인가?"

영석은 컵라면 주위에 튄 국물을 티슈로 닦으면서도 시선은 모니터에 고정했다. 모니터 안에는 드라마의 주인공과 상대 남자 배우가 말을 달리는 장면이 나오고 있었다.

"1차 예고편은 남자 배우 둘의 승마 추격 신과 액션 신 위주라 메인 테마 중에 록 음악을 썼는데, 2차 예고편은 남녀 주연의 가슴 아픈 사랑을 그려야 한단 말이지.

용태 형이 빨리 음악을 줘야 편집을 하든 말든 할 거 아냐, 이 형은 왜 감감무소식이지? 가수가 녹음 펑크 냈다는 것 같던데……. 다른 가수 섭외 못 한 거 아냐, 이거?"

영석은 용태에게 전화를 해보려다 일단 모니터로 시선을 돌려 이메일을 확인했다.

"오! 왔네. 역시 용태형이 약속은 잘 지킨단 말이야. 퀄리티 안 나오는 음악은 자기 자존심 때문이라도 안 보냈을 테니 괜찮겠지? 음, 제목이…… 문신? 호오, 느낌 있는데?"

영석은 2차 예고편으로 보내려던 화면을 재생하고 MP3 파일을 재생했다. 예고편을 만들 때는 음악과 영상을 같이 재생하여 분위기를 맞춰야 해서 둘 모두를 재생한 후 컵라면을 들고 젓가락을 넣어 라면을 한입 물었다.

"메인도 아니니 대충 슬픈 느낌 나오면 오케이 하자."

컴퓨터의 스피커에서 전주가 흘러나왔다. 슬프고도 애절한 피아노 전주에 이어서 클래식 기타 솔로가 재생되었다. 영석은 마음에 드는 듯 고개를 끄덕였다.

"역시 용태 형 아직 안 죽었군. 전주 느낌 보게나, 지리는데?"

이를 드러내며 웃은 영석은 곧 표정이 굳었다.

심장을 데인 것처럼.
…….

첫 소절이 후렴구인 문신의 보컬을 듣는 순간 경악으로 물든 그의 눈은 모니터가 아닌 컴퓨터 스피커를 향해 있었고, 젓가락에 쥐어진 라면 면발이 다시 컵라면 그릇 속으로 후드득 떨어졌다.

영석은 컵라면을 든 손이 떨리는 것을 느끼고는 간신히 테이블 위에 컵라면을 내려놓고 음악에 귀를 기울였고 모니터 속에는 이를 악물고 울음을 참는 주인공이 장터에서 혼자 장을 보고 있는 여종을 바라보고 있었다. 영석은 눈시울이 붉히며 중얼거렸다.

"1차 예고편도 꽤 인기 있었는데…… 2차 예고편은 역대급이겠군. 용태 형에게 술 한잔 사야겠어. 그나저나 가수가 누구지? 처음 들어보는 목소리인데…… 신인이랑 작업한다더니 엄청난 물건 하나 물었나 보다."

영석은 금방이라도 눈물이 떨어질 것 같은 눈을 한 채, 입은 웃고 있는 기괴한 모습으로 편집을 시작했고, 곧 작은 편집실 안은 헤드폰을 낀 영석의 키보드 소리로 가득 찼다.

올해 스물여덟인 혜진은 제3금융 대출 회사 중 TV 광고를 가장 많이 하는 회사의 경리이다. 회사는 잘 나갔지만, 조직폭력배가 하던 사업을 합법화해서인지 아직 회사의 근무 체계는 중구난방이었다.

당연하다는 이어지는 야근과 수당도 없는 주말 근무는 그녀를 점점 지치게 했다. 아마 함께 일하는 지희, 문선과 자주 가지는 술자리가 아니었다면 버티지 못했을 것이다.

혜진은 오늘, 이번 달 이자를 내지 못한 할머니 고객에게 빚독촉 전화를 하다 눈물을 보이는 할머니 덕에 기분이 나빠졌다. 아무리 자신의 일이라고 하지만 없는 사람에게 독촉 전화를 하는 것은 늘 기분이 나빴다.

하지만 고객 담당제였기 때문에 자신이 담당한 고객의 상환률이 떨어지면 혜진의 인사고과에 반영되므로 할 수 없이 두 시간 간격으로 세 통의 전화를 넣었다.

결국엔 눈물로 호소하는 할머니와의 마지막 통화를 끊은 혜진이 사내 메신저로 지희와 문선에게 말했다.

혜진 : 지희야, 문선아. 끝나고 뭐하니? 한잔 빨러 가자. 나 오늘 기분 더럽다.

문선 : 좋아요! 언니. 나도 아까 과장이 빡치게 해서 성질났는데 잘 됐다, 히히.

지희 : 언니 무슨 일 있음요?

혜진 : 하아 모르겠다. 이놈의 회사 때려치우든지 해야지 마음 아파서 못해 먹겠네. 이따 보자, 칼퇴근들 해.

오후 7시.

늘 가던 빈대떡집에서 의기투합한 그녀들은 안주가 나오기도 전에 소주병을 열어, 주거니 받거니 하며 수다를 떨었다.

쌓인 것이 많았는지 상사 욕부터 회사 욕까지 한번 훑어준 셋은 남자 이야기에 이어 영화와 드라마 이야기까지 수다 삼매경에 빠졌다. 그중 요즘에 드라마에 빠져 있는 문선이 말했다.

"언니, 이번에 KVN에서 한다는 추종이라는 드라마 들어봤어요? 예고편 봤더니 사극인데도 뭐라더라…… 스타일리쉬 액션 사극? 뭐 그런 거라는데, 액션 신도 많고 재미있어 보이던데."

혜진은 고개를 갸웃하며 물었다.

"스타일리쉬 액션 사극? 그런 장르도 있어? 사극은 뭐 대신들 나와서 전하, 어쩌고 하는 내용 아닌가?"

지희가 그런 혜진을 보며 웃었다.

"언니도 참, 드라마 좀 보고 살아요. 지금 그 드라마 기대작이라고요. 아, 저거다! 예고편 나오네요. 어? 저건 예고편이 다르네? 예고편이 여러 개인가 봐요. 역시 이번에 역대급 제작비를 투입했다더니 예고편도 시리즈로 나오나 보네요."

빈대떡집 벽에 벽걸이형으로 설치된 42인치 TV에 주인공의 울분에 찬 표정이 나오고 있었다.

BGM이 깔려 나오고 시장에서 우연히 만난 두 배우가 애절한 표정으로 서로를 바라보았고, 건의 피 토하는 듯한 울음소리로 이루어진 노래가 흘러나왔다.

셋은 소주잔을 손에 쥔 채 입을 벌리고 예고편에서 눈을 떼지 못했다. 약 1분간의 예고편이 끝난 후에도 셋은 정신을 차리지 못했다.

"대박! 언니 봤어요? 진짜 대박이다. 나 무조건 본방사수할거임!"

가장 먼저 정신을 차린 지희가 호들갑을 떨었다. 문선 역시 곧 정신을 차리고 지희에게 동조했다. 혜진은 아직도 벌린 입을 다물지 못하며 말했다.

"아니, 근데 방금 그 노래는 누가 부른 거야? 모르는 가수 같은데."

지희와 문선 역시 손바닥을 마주치며 말했다.

"그러게요, 노래도 진짜 대박이다. 노래만 듣고도 눈물 날 것 같았어요, 진짜. 언니, 언니도 꼭 본방사수 콜?"

서로 본방사수를 부르짖으며 소주잔을 높게 드는 세 여인네였다.

월요일 오전 11시.

광장동 소재 국민은행 CD기 앞에 카드를 든 건이 서 있었다.

"오늘 녹음비 입금해 주신다고 했으니, 시화가 갖고 싶다던 키티 파우더를 사줄 수 있겠구나. 그동안 내 용돈도 부족해서 가지고 싶어 하는 걸 뻔히 알면서도 못 사줬는데. 시화 용돈으로는 사기 힘들 테니까 오랜만에 오빠 노릇 좀 해줘야겠다."

건은 흐뭇한 얼굴로 CD기 앞에서 잔액 확인을 눌렀다. 비밀

번호를 누르고 잔액을 확인한 건의 눈이 크게 떠졌다.

"백만 원? 뭐지? 잘못 입금하신 건가?"

건은 공중전화로 가 용태의 녹음실로 전화를 걸었다. 용태는 어제도 늦게까지 작업을 했는지 자다 깬 목소리로 전화를 받았다.

"여보세요, Studio Experience 입니다."

"아, 프로듀서님 안녕하셨어요. 저 지난번에 녹음했던 김 건입니다."

"누구? 아! 건이구나, 그래 잘 지냈니?"

"네 프로듀서님. 다름이 아니라 제게 입금해 주신 금액이 잘못된 것 같아서요."

전화기 너머로 피식 웃는 소리가 들렸다.

"아냐, 백만 원 맞다. 원래 신인 가수가 녹음했을 때 주기로 했던 돈이 백만 원이었어. 넌 경력도 없고 고등학생이라길래 오십에 이야기했는데, 곡이 이 정도로 잘 나왔는데도 오십만 주면 안 되지.

그것 말고 음원 등록할 때 가수 명에 Gun이라고 등록해 놨어. 음원 수익이 발생하면 그 통장 계좌로 음원 수익도 입금될 거다."

건은 살짝 놀랐지만, 자신이 부른 곡의 음원 수익이 얼마나 되겠냐는 생각에 그저 감사하다고만 했다.

"아, 그렇군요. 전 또 잘못 입금하신 줄 알고 돌려드리려고 전화했어요. 감사합니다, 프로듀서님."

용태는 히죽히죽 웃으며 말했다.

"건아, 너 나중에 유명해져도 형 모른 척하면 안 돼, 엉? 나중에 내가 녹음 도와달라는 것 있으면 도와주기다. 알았지?"

"하하, 네 형. 그럴 일이 있을지는 모르겠지만 약속드릴게요!"

전화를 끊은 건은 신나서 곧바로 화장품 가게로 향했다. 건이 사는 아파트 단지 내에 있는 화장품 가게는 꽤 큰 규모로, 웬만한 화장품들은 모두 있었다.

가끔 사용하는 무스를 살 때를 제외하고는 화장품 가게에 와 본 적 없는 건이 주뼛거리며 들어오자 카운터를 청소하던 이십 대 후반의 점원이 웃으며 다가왔다.

"어서 오세요, 찾으시는 것이 있으신가요?"

웃으며 다가온 여직원의 얼굴도 제대로 못 보고 고개를 푹 숙인 건이 말했다.

"아, 저기……. 키, 키티 파우더……."

여직원이 살짝 웃고는 입을 가리며 진열대 한쪽을 가리켰다.

"아 네, 이쪽에 있어요. 여자 친구 주려나 보다."

당황한 건이 고개를 들고는 손사래를 쳤다.

"아, 아…… 아니에요. 제 동생이 갖고…… 싶다고 해서요."

여직원은 빨갛게 달아오른 얼굴로 고개를 들고 말하는 건이 귀여워 농담을 더 해보려다 고개를 든 건의 얼굴을 보고는 말을 잃었다.

칠흑 같은 머리카락은 눈썹 바로 아래까지 내려와 살짝 웨이브 져 있었고 투명하다 못해 약간 창백해 보이는 피부는 붉디붉은 입술과 대비되었다.

칼날 같이 솟은 콧날과 푹 꺼진 눈 주변은 마치 서양인들의 그것과 같아 보였고, 아이라인 짙은 눈은 빨려들어 갈 것만 같았다. 190㎝는 되어 보이는 키와 마른 몸매는 보는 이로 하여금 탄성을 자아낼 만큼 완벽했다.

건은 멍하니 자신의 얼굴을 바라보는 여직원을 보며, 자신의 말을 안 믿어 준다고 생각하고는 부끄러워하며 다시 물었다.

"저…… 그거 얼마인가요?"

여직원은 건의 말이 들리지 않는지 계속 멍하게 건을 바라보았다. 건은 더욱 부끄러워지는지 살짝 소리를 높여 다시 물었다.

"저…… 저기, 누나! 그거 얼마인가요?"

건이 살짝 소리치자 화들짝 놀란 여직원이 당황했다.

"네, 네? 아, 네. 이…… 이게 그러니까, 삼만 팔천 원인가, 아 삼만 구천 원이네요."

건이 주머니에서 사만 원을 꺼내주자 건의 하얗고 긴 손가락을 보며 여직원이 다시 얼굴을 붉혔다.

"여…… 여기 잔돈 천 원입니다."

건이 얼굴을 붉힌 채로 화장품 가게를 나섰지만, 건이 나간 후에도 석상처럼 굳은 여직원은 움직일 줄 몰랐다.

화장품 가게를 나온 건은 곧장 집으로 향했다. 오늘은 오랜만에 태우가 집을 비우는 날이라 시화도 독서실에 가지 않고 집에 있겠다고 했기 때문이다.

이런 날에는 오랜만에 엄마, 동생과 대화를 하는 날이라 들뜬 건의 발걸음이 가벼웠다.

날 듯 빠르게 달린 건이 현관문을 열고 외쳤다.

"다녀왔습니다. 시화야!"

멀리 시화의 방에서 대답이 들렸다.

"어, 오빠 나 여기 있어."

시화는 안방에 엄마와 같이 침대에서 뒹굴고 있었다. 건은 씨익 웃으며 화장품 가게의 봉지를 들었다.

"이 오라버니가 뭘 사왔는지 보아라."

시화는 잠옷 바람으로 뒹굴다가 봉지를 보더니 벌떡 일어나

받아들었다.

"꺄아아아악! 이거 키티 파우더! 아싸, 오빠 이거 나 주려고 사온 거야? 오빠밖에 없어, 역시. 정희 고 계집애가 맨날 자랑하면서 바르던 거라 무지무지 갖고 싶었단 말이야. 근데, 근데 이거 비싸지 않아? 이거 사만 원 가까이 했던 거라 사고 싶어도 못 샀던 건데, 오빠 돈 어디서 났어?"

시화는 봉지에서 파우더 박스를 꺼내 침대를 방방 뛰면서 물었다. 건은 눈을 휘둥그레 뜨고 질문하는 시화를 보며 밴드부 연습에 놀러 갔던 일부터 녹음했던 것까지 차근차근 설명해 주었다.

건의 말을 듣고 있던 영하가 놀라며 물었다.

"아들, 그럼 네가 부른 노래가 드라마에 나온단 말이야?"

건은 고개를 끄덕이며 말했다.

"네, 내일이 첫 방영이래요. 밤 9시 50분에 방영이고 제목은 '추종'이에요."

시화가 고개를 갸웃하며 물었다.

"추종? 뭔 제목이 그래? 무슨 뜻이지? 아무튼, 오빠. 혹시 드라마 OST 부른 거 Guns & Roses인가? 걔들한테 말했어?"

건이 고개를 저으며 말했다.

"아니, 별로 자랑할 일도 아닌데, 뭐."

시화가 미쳤냐는 듯이 눈을 동그랗게 뜨고 외쳤다.

"오빠! 미치겠다. 이거 빨리 안 알리면 주희 언니한테 나 죽 거든? 비켜봐, 내가 알려줘야겠다. 지난번에 오빠가 할머니 댁 간다고 2주일 동안 부산 내려갔던 일 주희 언니한테 보고 안 했다가 잔소리를 두 시간이나 들었다고! 내가 미쳐!"

거실에서 무선 전화기를 뽑아 든 시화가 자기 방으로 뛰어 갔다. 멍하니 시화를 보던 건이 영하와 눈이 마주쳤다.

"아들, 엄마는 뭐 없어?"

건이 계면쩍게 웃으며 말했다.

"어…… 엄마는 뭘 좋아하실지 몰라서 돈으로 준비했는 데……. 괜찮으세요?"

영하가 빙긋 웃으며 말했다.

"그럼, 세상의 모든 부모는 현금을 더 좋아하지, 호홋!"

건은 미리 준비해 뒀던 봉투를 내밀며 말했다.

"엄마 제가 처음 번 돈이에요. 많지는 않지만, 엄마 용돈 하 세요."

영하는 건이 내민 봉투를 받아 들고는 아들의 얼굴을 빤히 보았다. 액수도 확인하지 않는 걸 보아 얼마가 들었는지는 중 요하지 않은 것 같았다. 한참 건의 얼굴을 보던 영하가 말했다.

"아들, 아빠 싫지?"

건은 잠시 머뭇거리다 고개를 저었다.

"아니요, 지난번에 아버지 친구인 상길이 아저씨한테 들었어요. 아버지 사업이 잘 안 되셔서 너무 힘드셔서 그런 거니 이해하라고요. 때릴 땐 솔직히 싫지만 괜찮아요."

영하는 반쯤 누운 자세로 자신의 옆을 내어주며 앉으라는 듯 손으로 침대를 두들겼다.

"그래, 여기 앉아봐. 엄마도 아빠가 저러는 것이 너무 싫어. 하지만 한 가정을 이끌어가는 가장이니까 중압감이 크셔서 그런 거야. 엄마도 시화도 건이도 우리 같이 아빠를 이해해 보자."

건은 영하 옆에 엉덩이를 걸치고 앉아서 말했다.

"네, 그래도 저나 시화는 학교라도 가지만 매일 같이 있어야 하는 엄마가 고생이시죠."

영하는 고개를 저으며 말했다.

"괜찮아, 엄마는 충분히 견딜 수 있어. 가끔 힘들어질 땐 건이랑 시화를 생각하면 괜찮아지거든. 그런데 아들, 처음 번 돈인데 엄마랑 시화 선물만 있고 아빠 건 없어?"

건은 품에서 봉투 하나를 더 꺼내며 말했다.

"준비는 했는데…… 아무래도 어색해서…… 엄마가 전해주시면 안 될까요?"

영하는 웃으며 건의 머리를 쓰다듬었다.

"아니야, 이런 건 직접 전해야 마음까지 전해지는 거란다. 아빠 금방 오실 테니 건이가 직접 드리렴. 이럴 게 아니라 오늘

저녁은 솜씨를 좀 부려봐야겠다. 오랜만에 가족끼리 불고기라
도 먹자."

저녁 6시가 다 되자 부엌에서 영하가 만드는 불고기의 고소
한 냄새가 집 안에 퍼졌다.

시화는 주희에게 보고를 마치고는 칭찬을 받아 기분이 좋
았는지 콧노래를 부르며 영하의 화장대 앞에 앉아 파우더를
열었다 닫았다 했다. 그 모습을 본 건이 물었다.

"뭐야, 왜 안 발라봐? 그럴 거면 왜 화장대 앞에 있냐?"

시화는 파우더를 열어 안에 있는 거울로 얼굴을 요리조리
들여다보면서 말했다.

"아깝단 말이야, 지금 발라봐야 나갈 일도 없는데 왜 발라?
우후훗."

건이 고개를 가로저으며 부엌으로 향하는 순간 현관문의
잠금장치 해제 소리가 들렸다.

건은 태우가 온다는 생각이 들자마자 몸이 굳었다. 화장대
에 있던 시화도 후다닥 파우더를 숨기고 숨을 죽였다.

태우가 현관에서 신발을 벗다 자신을 바라보고 있는 건을
보고 물었다.

"오늘은 독서실 안 갔냐?"

건이 살짝 머뭇거리다 말했다.

"네 아빠. 시험 끝난 지도 얼마 안 돼서 오늘은 쉬려고요."

태우가 옷을 벗어 식탁 의자에 걸며 요리를 하고 있는 영하에게 말했다.

"맛있는 냄새가 나네? 불고기인가?"

영하가 앞치마를 두른 채 뒤를 돌아보며 말했다.

"네, 오늘 좋은 일이 있어서 오랜만에 솜씨 좀 부려봤어요."

태우가 고개를 갸웃하다가 웃으며 말했다.

"좋은 일? 무슨 일인데? 나도 좋은 일 있는데."

숨어 있던 시화가 귀를 쫑긋하며 나왔다.

"아빠, 다녀오셨어요. 무슨 좋은 일인데요?"

태우는 식탁에 앉으며 말했다.

"여보, 애들아. 아빠가 그동안 서울 생활에 적응을 못 해서 가족들한테 화풀이했던 것 정말 미안하다. 항상 안 그래야지 하며 후회해도 순간적으로 화가 나는 걸 참을 수 없었어. 특히 건이에게 많이 미안하구나."

건은 기대하지 않았던 태우의 말에 살짝 놀랐다. 분위기가 심상치 않자 요리를 하던 영하도 식탁에 앉았다.

"무슨 일이길래 그래요, 여보?"

건과 시화까지 식탁에 앉자 태우가 빙긋 웃으며 말했다.

"나 부동산 사무실 냈어. 상길이가 공인중개사 자격증이 있으니까, 동업 형식으로 내가 영업을 하면 될 것 같아. 광장동

부근에 아파트 단지도 많고 맞은편에는 원룸촌도 있으니까 큰 건부터 자잘한 건까지 고르게 있을 것 같아.

부동산이란 것이 한 달에 전세 서너 개만 계약해도 먹고 살만한 하니까, 열심히만 하면 우리 가족 먹고사는 건 지장이 없을 것 같네."

영하가 놀라 말했다.

"사무실 내려면 아무래도 서로 출자를 조금씩이라도 해야 했을 텐데, 당신이 돈이 어디 있어서 사무실을 내요? 빚내서 하는 건 아니죠?"

태우가 고개를 저으며 웃었다.

"아니야, 상길이가 어차피 부동산 할 건데 내가 전국 돌아다니며 넉살 좋게 장사했던 걸 아니까, 부동산에서도 통할 거라고 판단했다네. 난 무일푼으로 들어가는 거고, 계약 따내면 내가 딴 계약에 한해서 내가 8, 상길이가 2를 가져가기로 했어."

그제야 영하가 박수를 치며 웃었다.

"어머, 여보. 너무 잘 됐어요! 이제 시작일 뿐이지만 당신은 잘할 수 있어요. 아무리 그래도 50만 원으로 처음 결혼 생활할 때보다 지금은 살 만하잖아요. 장사했을 때의 수완이 잘 발휘된다면 충분히 잘하실 수 있을 거예요. 호호 어머 내 정신 좀 봐. 불고기 다 타겠네. 다들 앉아. 밥 먹자, 애들아."

정말 오랜만에 가족들이 모두 모여 웃으며 식사했다. 건은 빙글빙글 웃으며 몇 년 만에 찾아온 가족들의 즐거운 식사를 즐기다 자신에게 눈짓을 보내는 영하를 보고 얼른 주머니에서 봉투를 꺼냈다.

"저, 아빠. 이거……."

태우는 건이 건네는 봉투를 의아한 표정으로 받고는 봉투 안의 돈을 보고 놀라며 물었다.

"이게 웬 돈이니? 설마 공부 안 하고 아르바이트라도 한 거야?"

시화가 새침한 표정으로 말했다.

"아빠는, 오빠는 어차피 전교 1등인데 무슨 공부를 더 해요. 나는 아무리 열심히 해도 반 20등인데, 같은 뱃속에서 나왔는데 왜 이런 거야? 대체. 불공평해!"

셋은 시화의 투덜거림에 웃음을 터뜨렸다. 살짝 웃었던 태우가 다시 건을 바라보며 눈으로 묻자 건이 미소를 지은 채 답했다.

"실은 지인을 통해서 이번에 노래를 불렀어요. 운 좋게 방송국에서 제가 부른 노래를 드라마 OST로 쓴다고 해서 받은 돈이에요. 앞으로 음원이 잘 나가면 추가 수입도 생길 것 같아요. 돈 벌면 저도 집에 보탤게요."

생각지도 않았던 드라마 OST 이야기에 태우가 놀란 눈을 뜨고 영하를 바라보자 영하가 고개를 끄덕였다.

"내일 첫 방송하는 드라마라고 하네요. 우리 같이 봐요, 찾아보니까 드라마도 꽤 재미있을 것 같고."

태우가 멍하니 웃고 있는 셋을 바라보다 함께 웃었다.

"그래? 우리 아들이 어릴 때부터 노래 하나는 기가 막히긴 했지. 이거, 이거 연예인 아들 두게 되는 건가? 이럴 게 아니지! 상길이 놈한테 전화해서 자랑해야겠다, 하하하!"

무선 전화기를 들고 베란다로 뛰어가는 태우를 보며 가족 모두가 흐뭇하게 웃었다.

건은 오랜만에 보는 아빠의 밝은 모습에 눈시울이 뜨거워졌다. 비록 번 돈은 대부분 가족에게 썼지만 하나도 아깝지 않다고 생각했다.

얼마 안 되지만 의미 있는 곳에 돈을 쓴 것 같은 뿌듯함에 건은 그 날 밤 오랜만에 깊고 편안한 잠에 빠졌다.

♪♩

1970년 9월 10일, 미국 워싱턴주 시애틀 인터내셔널 디스트릭트.

대 도시치고 10층 이하의 낮은 건물들이 정사각형 블록 모양으로 지어져 좀 딱딱하고 질서 정연해 보이지만, 실제로는 온후한 기온과 자유스러운 분위기를 가진 도시인 시애틀은

1960년대 중반부터 찾아온 록의 부흥, 그 중심에 서 있는 도시였다.

건이 꿈이란 것을 인지한 것은 해가 지기 시작한 저녁노을이 멀리 보이는 바다의 수평선에 걸릴 무렵이었다.

사실 이곳에 온 것은 점심 무렵이었지만 시애틀 시가지 여기저기를 구경하느라 정신이 팔려 꿈인지 현실인지 분간하지 못했던 건이었기에 노을이 질 무렵이 되어서야 꿈이라는 것을 인지한 것이다.

"꿈이다. 정말 오랜만에 현실 같은 꿈이 다시 찾아왔네. 혹시 다시 엘비스 형을 만날 수 있는 걸까?"

건은 시가지와 연결된 바다의 백사장을 거닐며 노을 지는 바다를 감상했다. 빠르게 발전을 시작한 70년대의 미국이지만 공장이 들어서지 않은 시애틀 주변은 아직 한산하고 평화로웠다.

백사장 길을 따라 10여 분을 걸어가다 보니 아스라하게 기타 소리가 났다. 건은 홀린 듯 기타 소리가 나는 곳으로 걸음을 옮겼다.

건이 처음 그를 본 것은 저 멀리 보이는 보도블록이었다. 밥 딜런 같은 둥그런 파마머리에 핑크색 깃털 스카프를 하고 여자들이나 입을 법한 하얀 루즈핏 블라우스에 브라운 계열의 나팔바지를 입은 흑인이 보도블록 위에 앉아 어쿠스틱 기타를 튕기고 있었다.

눈을 감고 기타를 튕기는 흑인은 음악에 취한 듯한 표정으로 플랫을 한음, 한음 잡아갔다. 건은 자기도 모르게 그의 옆 보도블록에 앉아 멍하니 그의 기타와 손만 바라보았다.

천천히 연주되던 곡은 어느새 조금씩 빨라졌고, 점점 빨라져 속주라 불릴 만큼의 속도가 되었다.

흑인의 손이 여러 개가 된 것처럼 현란하게 플랫 위를 움직이고 곡의 클라이막스가 끝나갈 무렵.

띵!

"이런!"

줄이 끊어졌다. 빠른 속주와 강한 스트로킹을 이기지 못한 1번 줄이 결국 끊어져 버린 것이다.

흑인은 입맛을 다시며 끊어진 기타 줄을 잡고, 옆에 앉은 건을 보았다.

"음? 동양 친구, 언제부터 여기 있었어?"

건은 실례했다고 생각하고 황급히 말했다.

"아, 죄송해요. 기척을 내려고 했는데 워낙 집중해서 연주하고 계셔서 옆에 있다가 그만 저도 연주에 빠져 버렸네요, 연주 정말 좋았어요."

그는 연주를 칭찬하자 하얀 이를 드러내며 웃었다.

"고맙군, 이렇게 가까이 앉은 사람에게 연주에 대한 칭찬을 받아보는 것이 얼마 만인지 모르겠어. 공짜로 연주해 본 지도 오래되었군. 좋아, 동양 친구. 어차피 공짜 연주도 들어주었으니 밥도 내가 사지, 어때?"

흑인은 기타를 손에 든 채 일어나며 건에게 손을 내밀었다. 건은 그의 손을 잡고 일어나며 웃었다.

"잘됐네요. 마침 출출했거든요, 하하!"

둘은 백사장을 빠져나와 백사장 한편에 있는 펍으로 향했다.

살짝 낡아 보이는 간판에는 소방관처럼 보이는 검은 실루엣이 맥주잔을 들고 있는 그림이 그려져 있었고, 그 아래 가게의 이름으로 보이는 'Mack and Jill'이라는 글이 양각되어 있었다. 흑인은 핑크 깃털 스카프를 잠시 매만지다 건을 슬쩍 보며 말했다.

"환영해, 동양 친구. 시애틀에서 피쉬 앤 칩스가 가장 맛있는 집에 초대하지."

건은 웃으며 흑인에게 말했다.

"동양 친구보다는 건이라고 불러주세요."

흑인은 눈썹을 꿈틀거리며 말했다.

"건? 총 말인가? 이름 한번 살벌하군. 하하, 좋아. 어차피 날 모르는 눈치이니 내 소개도 하지. 내 이름은 제임스 마샬 헨드릭스. 친구들은 지미 헨드릭스라고 부르지. 지미라고 불러, 건."

건이 깜짝 놀라 외쳤다.

"네? 지미 헨드릭스? 전설의 기타리스트, 지미 헨드릭스 라고요?"

지미는 손을 휘휘 내저으며 웃었다.

"전설은 무슨, 이름은 좀 알려진 편이지. 건도 내 이름은 들어봤다고 생각하니 기쁜걸? 하하, 자자 들어가자고. 배가 등가죽에 달라붙을 지경이야."

경악하고 있는 건의 어깨를 툭툭 친 지미가 펍 안으로 들어갔다. 건도 퍼뜩 정신을 차리고 지미를 따라 펍 안으로 들어갔다.

펍 내부는 마치 독일의 시장 같은 분위기였다. 펍 중앙에 주방이 있고, 손님들이 주방을 둘러싼 기다란 테이블에 삼삼오오 앉아 있었다.

지미는 익숙한 듯 주방 앞 테이블에 자리를 잡고는 건에게 손을 흔들었다. 건이 옆자리에 앉자 지미가 웃으며 외쳤다.

"어이, 스캇. 나 왔어."

지미의 부름에 주방에서 소시지를 굽던 뚱뚱한 중년의 백인이 다가왔다.

"오! 지미. 무슨 바람이 불어 맨정신에 왔어? 항상 술에 취해서 오더니 말이야. 옆에 동양 친구는 누구야?"

지미가 테이블 위에 팔꿈치를 받히고 턱을 괴며 말했다.

"이제부터 취해야지, 하하. 이 친구는 건이야. 요 앞 백사장에서 만난 인연이지. 스캇, 항상 마시던 레드훅으로 줘."

스캇이 고개를 절레절레 저으며 말했다.

"그럼 그렇지, 술쟁이가 취하지 않고 배기겠어? 기다려, 곧 가져다주지."

건이 황급히 외쳤다.

"죄, 죄송해요. 전 아직 술을 마시면 안 되는 나이여서요……."

지미가 그런 건을 보며 싱긋 웃었다.

"건, 술을 마시는 나이는 누가 정해주는 것이 아니야. 스스로 정하는 것이지. 남자는 술 한 잔쯤은 할 줄 알아야지. 스캇, 설마 내 손님이 어리다고 안 주려는 생각은 아니겠지?"

스캇은 그런 지미의 얼굴에 목에 감고 있던 수건을 벗어 던지며 말했다.

"안 주면? 밖에서 사서라도 먹일 거 아냐! 기다려."

스캇이 주방에 들어가려 하자 지미가 외쳤다.

"스캇! 피쉬 앤 칩스 몸살 나게 튀겨줘. 건에게 잔뜩 자랑해놨으니 날 부끄럽게 하지 말라고!"

스캇은 주방에 들어가며 건을 힐끗 보며 알았다는 듯 손을 휘휘 저었다.

지미는 스캇을 보며 싱긋 웃고는 건에게 물었다.

"건, 내 연주를 듣는 태도를 보니 너도 음악을 하는 것 같던데. 어떤 악기를 연주하지?"

건은 자세를 바로 하고 고개를 저었다.

"아직 연주할 수 있는 악기는 없어요. 배워보고는 싶은데 그럴 기회가 없었거든요."

지미는 반색하며 말했다.

"그래? 남자라면 기타지! 어때 나의 루실을 빌려줄 테니 기초라도 배워보면?"

건은 지미가 내민 기타를 얼떨결에 받아 들었다.

"루실이요? 이 기타의 이름인가요?"

지미는 기타를 넘겨주며 씨익 웃었다.

"그래, 루실. 내 어머니의 이름이지. 어머니가 돌아가신 후 처음 산 기타라 이름을 따서 지었어."

건은 밤늦은 시간까지 지미와 Mack and Jill에서 기타를 팅기며 이야기를 나눴다.

어느덧 12시가 넘어가고 슬슬 졸렸던 건이지만, 어차피 꿈이란 걸 인지하고 있어서인지 졸음을 참는 것이 크게 힘들지는 않았다.

물론 농담을 입에 달고 사는 지미와 어느새 바에서 나와 옆자리에 앉아 레드훅을 홀짝이는 스캇과의 대화가 재미있어서 이기도 했다.

스캇은 말없이 지미의 농담에 피식거리기만 하다 흘깃 시계를 보고는 말했다.

"이봐, 지미. 영업시간이 끝난 건 아니지만 시간을 좀 봐. 곧 누군가 들이닥칠 것 같지 않나?"

지미는 하얀 이를 보이며 술 때문에 꼬부라진 혀로 말했다.

"으허허허허, 스캇. 내가 언제부터 눈치 보며 술을 마셨다고 그래? 제프리가 쫓아 올 시간이긴 하지만 어차피 에릭이랑 함께 와서 호텔에 처박으려고 하는 거 아닌가?"

그때 Mack and Jill의 문에 달린 종이 요란하게 울리며 문이 열렸다.

거칠게 가게로 들어온 이들은 건장한 남자 두 명으로, 둘은 주위를 둘러보다 바에 앉은 지미를 보고는 성큼성큼 걸어와 지미의 어깨에 손을 올렸다.

"하아⋯⋯. 지미 또 고주망태가 된 건가?"

지미의 어깨를 잡고 한숨을 쉬는 이는 짙은 갈색 머리의 미남으로 170㎝대로 보이는 키에 약간 마른 사내였다.

사내는 스캇을 보며 물었다.

"이 친구 오늘은 또 얼마나 마신 거야?"

스캇은 씨익 웃으며 말했다,

"글쎄? 에릭 네가 여기 오기 전까지 한 네 시간쯤 마셨으니 레드훅 여섯 병쯤은 마신 것 같은데?"

"젠장 좀 일찍 찾아볼 걸 그랬군. 내일 아침 영국으로 떠나야 하는데 무슨 술을 이렇게 마신 거야?"

지미는 잔소리하는 에릭의 손을 어깨에서 내리며 말했다.

"뭐, 하루 이틀도 아니고 볼 때마다 잔소리하는 것도 지겹지 않아? 흐흐. 아 참, 여긴 오늘 사귀게 된 내 어린 친구야. 건이라고 하니 잘들 지내라고."

스캇은 지미의 말에 건을 돌아보고는 살짝 놀랐다.

"건? 이름 한번 살벌하군. 그런데…… 이 친구 모델인가? 배우? 엄청 잘 생겼는걸?"

지미는 마치 자신이 칭찬을 받는 듯 기분 좋게 웃었다.

"그렇지? 흐흐 나도 27년 살면서 이렇게 생긴 미남은 처음 봤다고. 아까 밖에서 혼자 기타를 치고 있다가 구경하고 있는 건을 봤는데 말이야. 난 하늘에서 음악의 천사가 날 보러 내려온 줄 알았다니까?"

스캇은 지미의 말을 듣고 건에게 손을 내밀었다.

"뭐, 어찌 됐든 반갑다. 에릭 버튼이야. 애니멀즈라는 밴드의 리더고."

건은 자리에서 살짝 일어나 에릭의 손을 잡았다.

"안녕하세요, 형. 김 건입니다.

스캇은 예의 바른 건을 보며 살짝 미소 지었다.

"그래, 동양인이라 그런지 예의가 바르네. 지금 지미를 데려 갈까 하는데 그래도 괜찮겠지? 내일 공연 때문에 영국에 넘어 가야 하거든."

건이 고개를 끄덕이려는 찰나 지미가 소리쳤다.

"영국 가기 싫다! 내 고향은 미국이라고! 왜 날 영국에서 데 뷔시킨 거야? 음식도 맛없고 신사의 나라니 뭐니 하며 남에 패 션이나 비방하는 꼰대만 가득한 나라!"

지미가 술기운 때문인지 발광하자 에릭이 자신과 함께 온 남자를 보며 말했다.

"제프리, 이 친구 또 시작됐어. 얼른 잡아서 끌고 가자고."

제프리는 살짝 굳은 얼굴로 지미의 한쪽 팔을 잡았다.

"자자, 지미. 집에 갈 시간이야, 조용히 가자고."

지미는 자신의 팔을 잡은 제프리를 보며 살짝 얼굴을 찡그 렸다.

"뇨, 제프리! 네가 매니저야? 네가 날 영국에서 데뷔시킨 거 지? 왜 그랬어? 왜!"

스캇은 지미의 팔을 더 꽉 붙잡으며 말했다.

"지미, 자넨 영국에서 통할 뮤지션이었고, 그래서 첫 무대를 영국에서 가진 거야. 도대체 뭐가 문제야? 돈도 명예도 모두 얻 었잖아? 오히려 나에게 고마워해야지, 술만 마시면 영국에 가 기 싫다고 하는 이유가 뭐야? 네 애인인 단테만도 영국에서 널

기다리고 있다고."

지미는 피앙세인 단테만의 이름이 언급되자 살짝 진정하는 듯했다.

제프리와 에릭은 지미가 진정하자 양어깨를 부축하고 일으켜 세웠다. 지미는 둘의 힘에 못 이겨 일어나다, 건을 돌아보며 외쳤다.

"아, 건! 건 나랑 같이 호텔에 가자. 우리 못다 한 이야기는 호텔에서 하자고."

건은 순간 당황해서 말문이 막혔다. 그 모습을 본 에릭이 고개를 저으며 말했다.

"이봐 지미. 아무리 미소년이라고 해도 남자애라고, 같이 호텔 방에 들어가는 걸 찍히면 자네 이미지는 박살이야. 몰라서 그래?"

지미는 고개를 세차게 저었다.

"아니야, 아니야! 난 아직 못다 한 이야기가 많다고. 건! 빨리 따라와!"

떼를 쓰는 지미를 더욱 꽉 붙잡은 에릭은 한숨을 쉬며 건을 돌아보았다.

"휴우…… 어쩔 거니? 같이 갈래? 아니, 부탁 좀 하자. 이놈 스타지만 항상 외로움을 많이 타서 그래. 친구라곤 나밖에 없는 놈이라 내가 투어 중일 땐 챙겨줄 친구도 없고 해서, 마음이 맞는 친구를 만나면 이러곤 하지."

건은 에릭과 스캇, 제프리가 모두 자신을 바라보자 하는 수
없이 손에 든 루실을 가방에 넣은 후 등에 메고 셋을 따라나
섰다.

스캇은 건이 일어나자 건 앞에 있던 잔을 치우며 말했다.

"제프리, 내일 영국으로 떠난다니 말하네만, 지미가 오늘까
지 먹은 술값은 전부 외상이었어."

제프리는 그럴 줄 알았다는 듯 왼손으로 안주머니에 있던
지갑을 꺼내 백 달러짜리 지폐를 내밀었다.

"여기 있어요, 스캇. 잔돈이 남을지는 모르겠지만, 잔돈은
가지세요."

스캇은 피식 웃으며 지폐를 받았다.

"잔돈이 남을 리가 있나? 일주일 내내 와서 새벽까지 마셨
는데. 대충 맞군, 나머진 내가 산 걸로 치지. 자자 나도 슬슬
정리해야 하나 어서들 가보라고."

호텔에 도착한 후 지미는 침대 위로 쓰러져 곯아떨어졌다.

에릭은 내일 지미와 함께 영국으로 가 자신의 투어를 준비
해야 한다며 숙소를 나섰고, 제프리 역시 아침 일찍부터 영국
으로 가야 하기에 자신의 숙소인 옆방으로 가버렸다.

혼자 남은 건은 창가에 있는 1인용 소파에 앉아 루실을 꺼

내 들었다.

주용에게 기본 코드는 배웠기에 처음 잡아보는 건 아니지만 비싼 기타라 그런지 손에 착 감기는 맛이 좋았다. 루실은 들고 있는 것만으로도 기분이 좋아지는 녀석이었다.

"어디 보자, 다른 건 다 잘 되는데 아직 F 코드랑 B 코드가 어렵네. 그나마 F 코드는 시간이 걸려도 잡을 순 있는데, B 코드는…… 으윽, 손가락 찢어지겠다."

건은 기타를 비스듬히 놓고 코드 잡는 연습을 했다. 지미는 스트로크를 기본 방식이랍시고 업다운 박자에 맞추어 몇 번씩 치는 공식으로 치면 창의적인 기타 플레이가 불가능하다며 알려주지 않았고, 코드가 익숙해지면 자신이 치고 싶은 대로 쳐보고 이후 메트로놈에 맞춰보라는 조언을 해주었다.

코드도 제대로 잡지 못하고 스트로크는 배우지도 못했으니 당연히 기타 소리는 엉망이었지만 루실을 잡은 건은 이 시간이 무척 행복하다고 느꼈다.

그때 웃음기 가득한 건의 얼굴과 기타 위의 손이 멈추고, 시계의 초침이 멎었다. 세상이 흑백으로 물들고 고요한 적막이 흘렀다.

"오랜만이구나, 아이야."

순식간에 건이 앉은 소파 팔걸이에 기대앉은 채 모습을 드러낸 것은 가마긴이었다.

가마긴은 애정 어린 눈으로 건을 바라보며 머리를 쓰다듬었다.

"미안하구나, 너만 지켜보았지 너의 주변을 지켜보지 못했어. 네 아비에게 간악한 안드라스(Andras)가 손을 뻗은 걸 미리 알았다면, 너와 네 가족이 그리 고통을 겪지는 않았을 텐데. 하지만 아이야, 이제 걱정 말거라. 안드라스에게 내가 수호하고 있는 아해라는 것을 알렸으니 너의 고통은 곧 끝날 것이란다."

가마긴은 소파의 팔걸이에서 일어나 건의 앞에 서며 말했다.

"암두시아스(Amdusias)"

가마긴이 낮은 저음으로 누군가를 부르자 호텔 방 천장에서 불길한 검은 빛이 터져 나왔다. 검은 빛은 서서히 둥근 원형으로 빛나더니 천장에 유니콘이 그려지고는 그 빛을 잃었다.

"부르셨습니까, 가마긴 후작님."

가마긴은 자신의 앞에 선 암두시아스를 바라보았다.

암두시아스(Amdusias). 그는 지옥의 72 악마 중 67위의 상위 악마 군주로 이명은 '일각공'이다.

　은색의 유니콘 모습으로 묘사되며 온몸에 달린 수많은 손으로 오케스트라에 연주되는 모든 악기를 든 모습으로 그려진다. 지옥의 29개 군단을 지휘하는 상위 악마이다.

　하지만 알려진 것과 달리 암두시아스는 귀여운 금발 남자아이의 모습이었다. 가마긴은 그런 암두시아스를 보며 살짝 미소 지었다.

　"자네, 요새는 그런 모습으로 다니는군. 뭐 보기는 좋으이."

　암두시아스는 살갑게 말하는 가마긴을 보며 마주 웃었다.

　"이 모습이 정이 가서 인간의 모습일 때는 항상 이 모습으로 지내곤 하지요. 아, 물론 부하 놈들 앞에서는 본래의 모습을 합니다. 하지만 이런 좁은 곳에서 제 원래 모습으로 나타나면 이곳이 다 무너지겠지요, 하하."

　"하하, 그래. 자네가 한 덩치 하긴 하지."

　암두시아스와 가마긴은 본래 친분이 있었는지 서로에게 호감을 나타냈다. 암두시아스는 가마긴에게 간단히 안부를 묻고는 소파에 앉아 기타를 치고 있는 건을 보았다.

　"이 아이가 13년 전 말씀하셨던 그 아이입니까? 파이몬 님과 후작님의 축복을 받았다는."

가마긴은 건을 보며 고개를 끄덕였다.

"그래, 외모만 보아도 인간의 뱃속에서 나온 아이라고 볼 수 없지 않은가?"

암두시아스는 팔짱을 끼고 턱을 받치며 고개를 끄덕였다.

"흠, 그렇군요. 인간계에서 찾아보기 어려운 미모입니다. 지옥이나 천국에서야 흔하겠지만, 인간계에서 이런 외모라면 최상위권이겠군요. 거기에 지옥 서열 4위인 가마긴 님과 9위 파이몬 님의 축복까지 받은 아이이니, 인간계에서 대적할 자는 없겠지요."

암두시아스는 건에게 천천히 다가가 그의 턱을 살짝 매만졌다.

"이제 저의 축복까지 더해지면 무려 72 악마 군주 중 셋의 축복을 받는 거겠지요, 그것도 아무 대가 없이."

가마긴은 슬쩍 다가와 건의 소파 옆에 섰다.

"그렇지, 악마의 축복을 받고 인과율의 법칙을 벗어난 아이는 아마 이 아이가 처음일 게야. 자네도 인간계에 관심이 많아 가끔 축복을 내려주는 인간이 있지만, 항상 대가를 받지 않나?"

암두시아스는 고개를 끄덕이며 힐끗 지미가 누워 있는 침대를 바라보았다.

"그렇지요. 저기 침대에서 술에 취해 나자빠져 있는 흑인 놈도 14년 전에 제 축복을 받았던 놈입니다."

가마긴은 살짝 놀라며 침대에 엎어져 있는 지미를 바라보았다.

"그래? 저놈도 인간계에서 꽤 유명한 놈이라 건의 꿈에 나오게 했는데 말이야. 그럼 저놈 영혼도 자네가 가져가게 되는 건가?"

암두시아스가 가마긴을 보며 싱긋 웃었다.

"네. 일주일 뒤, 9월 18일에 가져가게 되지요. 아니, 이미 가져간 영혼입니다. 이곳은 과거의 꿈이니."

가마긴이 고개를 끄덕이며 말했다.

"그랬구먼. 그럼, 말일세. 자네가 축복해준 인간과 같은 시대에 건이 살아간다면 예술을 하는 사람끼리니 서로 만날 수도 있게 되겠군?"

암두시아스가 살짝 고개를 저었다.

"요즘은 인간의 인생보다는 인간이 만들어내는 과학이라는 것에 더 흥미가 갑니다. 그래서 축복을 내리지 않은 지 30년도 더 되었지요. 마지막에 축복을 내린 이도 저기 저 흑인 놈처럼 27세에 데려갔으니 건과 나의 사람이 만나는 일은 당분간 없을 겁니다."

가마긴이 물었다.

"마지막 축복을 내린 인간은 누구였는가?"

"커트 코베인이라고, 미국 놈이었지요. 벨리알(Bellial)의 권능에 정신이 붕괴해 가던 어린 학생 놈이 보이길래 불쌍해서 능력을 줬는데 감히 건방지게 Nirvana(열반)라는 밴드를 만들어 음악을 만들어내더군요. 제가 데려간 건 1994년이었는데 그놈 밴드 이름이 건방지다고 미리 죽이려고 한 악마들을 막아내느라 고생 좀 했지요"

가마긴이 웃음을 터뜨리며 말했다.

"하하, 하긴 계약 기간 만료 전에 다른 악마에게 죽임을 당하면 자네가 영혼을 취하지 못할 테니 지켜내는 것도 일이었겠구먼, 하하."

가마긴이 암두시아스를 보며 물었다.

"그런데 말일세, 자네는 왜 인간에게 준 축복을 27세에 회수하는가? 더 늦게, 혹은 더 일찍 가져갈 수 있지 않은가?"

암두시아스는 팔짱을 끼며 말했다.

"시작은 저기 자는 저놈이었습니다. 사실 저놈은 제게 능력을 빼앗기고 약물에 중독으로 자살하거나, 약물 과다 복용을 죽은 놈들과는 다른 케이스였지요. 저놈은 일주일 뒤 매니저인 제프리란 놈이 술에 수면제를 타 수면제 과다 복용으로 죽게 됩니다."

가마긴이 고개를 갸웃하며 물었다.

"음? 건을 저놈에게 보낼 때 조사해봤지만, 누군가에게 살해

당한 건 아니었던 것 같은데?"

푸르손이 어깨를 으쓱하며 말했다.

"그러게 말입니다. 제프리란 놈이 수면제로 저놈을 죽인 후 안 걸린 거죠.

뭐 언젠가는 누군가에 의해 밝혀지지 않겠습니까? 그 후 제이미 와인 하우스란 여아에게 축복을 주고 장난으로 지미 핸드릭스에게도 축복을 주었단 사실을 말해줬더니 자신이 저놈처럼 27세에 죽을 거라고 떠들어 대며 불안해하더니 결국 약물 과다 복용으로 죽고 말았습니다. 커트 코베인이란 놈 역시 마찬가지였고요."

가마긴이 물었다.

"그럼 결국 자네가 영혼을 데려간 건 아니란 건가? 그럼 27세까지 수명을 보장한다는 계약도 없었단 거군?"

암두시아스가 고개를 끄덕였다.

"네, 제가 한 계약이라고는 축복에 대한 대가로 죽은 후 영혼을 가진다는 조항 하나뿐이었습니다. 뭐 물론 의도한 바는 아니지만, 그들이 느낀 절망이 제게 영혼보다 값진 선물이 되었지요. 하하."

가마긴이 미간을 살짝 찌푸리며 말했다.

"결국, 자네가 관여한 죽음이 아니란 것이고, 그 인간들이 죽기 직전 하나같이 약물이나 알코올 중독이었던 것 역시 본

인들의 선택이었다는 건가? 아니, 언제 빼앗길지 모르는 능력
이 사라지는 것을 두려워한 일종의 불안 증세의 해소 방편으
로 술과 마약을 선택한 것이었을지도 모르겠군."

암두시아스가 고개를 끄덕였다.

"맞습니다. 인간의 뇌가 버틸 수 있는 정신적 스트레스는 한
계가 있지요. 마계에서 매일 목숨의 위기를 겪는 악마들의 정
신력에 비할 바 아니지요. 인간의 정신력으로 마계에 온다면
누군가에게 죽임을 당하지 않는다 해도 견디지 못하고 정신이
붕괴돼 3일 안에 자살할 테니까요."

가마긴도 고개를 끄덕이며 맞장구쳤다.

"그렇지. 인간은 나약한 존재란 것은 어쩔 수 없는 진실이니
까. 그래서 내가 이 아이를 항상 지켜본다네. 혹시 정신적 문
제로 인해 나의 계획에 차질이 생기면 안 되니까 말일세. 이번
에도 큰 위기가 있었어."

암두시아스가 살짝 미소를 지었다.

"안 그래도 얼마 전 안드라스가 찾아와 하소연하더군요. 그
래도 지옥 서열 63위의 최상위 악마 군주인데 후작님께 불기
를 맞았다지요? 하하, 후작님께서 힘을 교묘하게 숨겨두셔서
저 아이가 후작님의 축복을 받은 아이인 줄 몰랐다니 너그럽
게 용서해 주시지요."

가마긴이 미간을 찌푸렸다.

"안드라스 그놈이 동네방네 다 떠들고 다니는구먼. 7대 군주들이야 서로의 행보에 관심이 없으니 상관없지만 아몬(Amon) 이나 바르바토스(Barbatos) 같은 놈들 귀에 들어가면 또 방해할 게 분명한데 말이야. 돌아가면 다시 불러들여 따끔하게 주의를 줘야겠네."

암두시아스가 손사래를 치며 장난스럽게 말했다.

"이런, 이런. 제가 고자질을 한 격이 되어 버렸군요. 안드라스를 만나실 때 제 이야기는 빼주십시오."

가마긴이 슬쩍 웃으며 말했다.

"오늘은 내가 부탁을 해야 하는 입장이니 그 정도는 들어주지, 하하.

이런……. 너무 오래 이야기했구먼. 아무리 이 아이의 꿈속에 현신한 것이라 인간계에 온 것은 아니지만, 너무 오래 머무르면 눈치채는 군주들이 생길 테니 어서 볼일을 보고 가세."

암두시아스는 웃으며 건에게 다가가 머리에 손을 얹었다.

"지옥 22개 군단의 군주 나 암두시아스가 언령의 힘을 담아 말하니, 이 아이의 몸에 나의 힘이 깃들게 하라. 세상의 모든 악기에 대한 천재성과 연주의 능력을 부여하니 그가 내는 소리가 세상에 널리 퍼지게 하라."

암두시아스의 오른손에서 나온 검은 빛이 건의 몸에 스며들었고, 잠시 손과 머리 근처에 집중되던 빛이 몸 안으로 사라졌다.

암두시아스는 물끄러미 건을 바라보다 말했다.

"끝났습니다, 후작님. 다루지 못했던 악기를 갑자기 잘 다루게 되지는 않겠지만, 일단 악기를 연주하는 기술의 습득력이 일반 인간보다 몇백 배는 뛰어날 테니 악기라 이름 붙여진 기구들은 모두 이 아이를 거스를 수 없을 겁니다. 살펴보니 후작님의 축복 때문인지 머리도 무척 좋군요. 저 흑인 놈보다 이해력이 훨씬 뛰어나니 저놈을 뛰어넘을 연주 실력을 가지게 될 것입니다."

가마긴이 고개를 끄덕이며 암두시아스의 어깨를 툭툭 쳤다.

"그래 부탁을 들어줘서 고맙네. 마계로 돌아가면 그에 상응하는 대가를 치르도록 하지."

가마긴은 암두시아스와 함께 서서히 사라졌고, 흑백으로 물든 세상은 점점 그 색을 찾아갔다. 멈추었던 시계바늘이 움직이고 새벽이라 미미하게 들리던 생활 소음 역시 다시 나기 시작했지만, 기타를 치다가 멈췄던 건은 어느새 기타를 옆에 세워두고 소파에 앉아 잠이 들어 있었다.

눈을 뜨면 다시 지미를 보지 못할 테지만, 예전에 엘비스를 다시 만나게 되었던 것처럼 지미 역시 다시 만나게 될 것이라

믿었던 건은 침대에 엎드린 채 잠든 지미의 모습이 마지막이
될 것이라고는 생각하지 못했다.

◈ 4장 ◈
방송 출연

　드라마가 시작되고 한 달이 지났다. 총 24부작으로 3개월가량 방송할 예정이니 약 30%가 방영된 셈이었다.

　시청률은 1화 20%, 2화 23%로 시작하여 8화가 방영된 어제는 무려 32%까지 치솟았다.

　만약 4, 50대의 아줌마 시청자를 고려한 파국형 러브 라인까지 가미되었다면 40%의 벽도 넘을 수 있었겠지만, 이 드라마는 남성 지향 웰메이드 드라마에 가까웠다.

　그렇지만 근육질의 남자 배우들의 스타일리쉬하고 강력한 액션과 빠른 내용 전개, 감칠나고 코믹한 조연들의 연기와 애절하고 슬픈 러브 스토리가 어우러져 동 시간대뿐 아니라 같은 시기의 드라마 중 최고 시청률을 자랑하게 되었다.

아직 가족 외에 건이 이 드라마의 OST를 불렀다는 사실을 아는 이가 적었기에, 건의 생활에는 큰 변화가 없었다.

여전히 학교에서 열심히 공부하고, 남는 시간에는 태우가 첫 부동산 계약을 하고 받은 돈으로 선물해 준 연습용 크래프트(Craft) 기타로 연주 연습을 했다.

연습용이라고는 하지만 30만 원 상당의 기타는 학생이 가진 기타치고 좋은 축에 속했다.

특이한 것이라곤 아직 잘 치지 못하는 기타 실력으로 오밤중에 기타를 치다 보니 층간 소음 민원이 접수되어 아파트 옥상에 가서 연습하게 되었다는 정도였다.

오늘도 건은 저녁을 먹고 난 후 어둑어둑해진 하늘을 보며 옥상 한구석에서 기타 연습을 하고 있었다.

징징 징지지징 지기지기!

건은 열심히 스트로크 연습을 하다 말고 고개를 들어 하늘을 보았다.

"이제 코드 숙지는 어느 정도 됐고……. 기성 음악 중에 연주하지 못하는 건 없네. 인터넷에서 다른 뮤지션들의 이야기를 보니 자신들이 개발한 혼자만의 코드가 있다던데. 나도 그런 걸 만들어 낼 수 있을까?"

띠리리, 띠리리!

건이 이런저런 생각을 하며 코드를 잡아보고 있을 때 전화

가 울렸다. 건은 전화기에 표기된 처음 보는 번호에 갸웃하며
전화를 받았다.

"여보세요?"

-아 네, 김 건 씨 핸드폰입니까?

"네 그런데요. 누구신가요?"

-네 안녕하세요. 여기는 KVN 방송국입니다. 저는 드라마
추종의 PD인 김영석이고요.

"네네? 추종의 PD님이요? 아 네, 그런데 어쩐 일로……."

건이 놀라 자신도 모르게 벌떡 일어났다.

-네, 다름이 아니라 용태 형에게 소개를 받고 전화 드렸습니
다. 문신을 부르신 가수 맞으시죠?

"아, 네네. 맞습니다."

-네, 이번에 저희 드라마가 중국과 일본에 판매되었어요. 양
국 모두 4화까지 방영된 상태인데 반응이 아주 좋은 편이라 연
기자들이 홍보 차 팬 미팅을 가기로 했습니다.

그런데 중국 측 방송사에서 문신을 부른 가수가 함께 방문
해 주었으면 한다는 요청서를 보내와서 의사를 여쭈려고 전화
드렸습니다. 아직 기획사가 없으셔서 직접 연락 드린 점 양해
부탁드려요.

"네? 중국이요? 아, 네네……."

-용태 형에게 들어보니 아직 고등학생이신 걸로 아는데 곧

방학이죠?

"아, 네. 지난주에 기말고사가 끝나서 곧 방학이긴 합니다만……."

-잘됐네요, 이번 방문에 꼭 함께하고 싶습니다. 중국 팬들도 원하는 일이고요. 참석이 가능하실까요?

"예? 중국팬이요? 드라마 팬 말씀이시죠?"

-하하하. 물론 드라마 팬도 맞습니다만, 건 씨 개인 팬들도 많다고 들었어요. 한국에도 팬이 많지만, 기획사도 없으시고 언론에 얼굴을 비치지 않으시니 모르시고 계셨나 봅니다.

건은 순간 말문이 막혀 초점 잃은 눈으로 하늘을 바라보았다. 건이 말이 없자 영석이 말을 이었다.

-중국 방문 직후 일본도 방문 예정인데, 일정이 가능하시면 일본까지 방문해 주시면 좋겠습니다. 기성 가수라면 자신의 이름을 알릴 절호의 기회라 바로 수락하셨겠지만 건 씨는 아직 가수가 아니어서 얼굴이 알려지는 게 꺼려지실 수도 있겠네요.

"……."

건이 계속 말을 하지 않자 영석의 마음이 급해졌다.

-저, 건 씨. 양국을 방문할 때 드는 모든 비용은 모두 저희가 부담하겠습니다. 항공기는 상대측에서 일등석으로 준비해주기로 했고, 호텔 역시 특급 호텔로 준비해 준답니다. 따로 출

장비뿐 아니라 행사 참여 수당도 지급되고요.

출장비는 일당 50만 원, 행사 참여 수당은 회당 100만 원입니다. 하루에 약 3회의 행사가 진행될 예정이고 중국에서 이틀간 총 6회, 일본에서 하루 동안 총 3회가 진행될 예정이니 출장비를 포함하여 1,050만 원이고, 당국에서 요청해 노래할 경우 무대 한 건당 100만 원을 추가 지급하기로 약속되었습니다. 고등학생 신분이시면 적지 않은 액수인데 어떻게 참석 가능하실까요?

"네? 처…… 천만 원이요? 3일간 외국에 가는 건데 천만 원을 주신다고요?"

영석은 건이 액수를 듣고 답을 하자 반색했다.

-네, 맞습니다. 상대가 중국이라 못 미더우실 수 있지만, 중국에서 가장 큰 방송사이니 걱정하지 않으셔도 됩니다. 혹시 계약대로 지급되지 않을 시 저희 방송사가 대신 지급하겠다는 계약서를 써 드리겠습니다.

"아 네……. 뭐 그러실 필요까지는……."

영석은 건이 넘어오는 듯하자 황급히 말했다.

-이럴 게 아니라 내일이 주말이기도 하니 저희 방송사에 방문해 주실 수 있을까요? 좀 전에 말씀드린 계약서 바로 쓰시죠. 내일까지 준비해 두겠습니다.

"네? 내일 주말인데 일을 하시나요?"

-하하하, 방송국 PD가 주말이 어디 있나요. 자기 작품 끝내고 휴가는 가지만, 방송 중일 때는 엄두도 못 내죠. 더군다나 추종같이 잘 나가는 드라마를 맡으면 더하고요. 하지만 그만큼 칭찬을 받고 금전적 보상도 받으니 주말이든 야간 근무든 즐겁게 하고 있습니다. 하하!

"아 네……. 그럼 내일 찾아……."

-네네, 그렇게 해주세요. 몇 시쯤 오실 수 있으세요?

"아 저야 뭐…… 편하신 시간대를 말씀해 주시면 시간에 맞춰서 찾아뵐게요, PD님."

-아닙니다, 아닙니다. 저희가 맞춰야죠. 건 씨가 편하신 시간이 몇 시쯤이세요?

"아…… 저는 한 세 시쯤이면 좋겠는데요?"

-네, 네. 저도 세 시 좋습니다! 그럼 세 시에 상암동 KVN 사옥 앞에 오시면 전화 한 통 넣어주세요. 전화 주시면 바로 나가겠습니다.

"네, 네……. 알겠습니다, PD님. 내일 뵙도록 할게요."

-네, 네! 건 씨, 그럼 내일 꼭 오세요!

"네 PD님 꼭 갈게요, 그럼."

전화를 끊었지만, 수화기에서 귀를 떼지 못한 건은 멍하니 하늘을 바라보았다.

"처…… 천만 원? 중국 팬?"

♪♪♩

토요일 오후 2시 40분, 월드컵경기장역에서 내린 건은 두리 번거리며 KVN을 찾았다.

주말이라 그런지 상암동 주변에는 비교적 사람이 많은 편이 었다. 얼마 전까지 불모지였던 상암동이 대형 멀티플렉스 영화관과 각종 레스토랑, 쇼핑몰 등이 입점하며 유동 인구가 많은 번화가로 탈바꿈했기 때문이다.

30층은 훨씬 넘어 보이는 빌딩 꼭대기에 KVN이라고 써진 간판을 본 건은 영석에게 전화를 걸었다.

영석은 건이 올 시간을 손꼽아 기다리고 있었는지 전화벨이 두 번 울리고 바로 받았다.

-여보세요?

"아, 안녕하세요, PD님. 김 건이에요."

-아, 네. 건 씨, 도착하셨어요?

"네, 지금 사옥 1층 바깥쪽에 있어요."

"그러시군요! 금방 내려가겠습니다. 밖에 있지 마시고 1층 로비에 계세요!"

"네, 네. 알겠습니다, PD님."

건은 전화를 끊고 으리으리한 방송국 로비로 어색한 걸음을 옮겼다.

방송국 내부는 다른 빌딩과 크게 다르지 않았다. 넓은 로비에 인포메이션 데스크가 있고 로비 한구석에는 사람들이 앉아 쉴 수 있도록 쇼파와 테이블, 잡지 등이 놓여 있었다.

지나치게 넓은 공간에 여백처럼 빈 곳이 많아 낭비 같아 보일 수 있지만, 그 여백을 꽉 채울 만큼 많은 사람이 바쁘게 오가고 있었다.

건이 괜히 눈치가 보여 한쪽 구석 소파 빈자리에 앉으려는 찰나 영석이 나타났다.

건과 영석은 서로의 얼굴을 몰랐다. 그래서 건은 두리번거리는 영석을 그냥 지나치려 했고 영석 역시 건을 옆에 두고 전화기를 들어 건의 번호를 눌렀다.

삐리리, 삐리리.

영석은 자신을 스쳐 지나가던 남자에게서 벨 소리가 나자 놀라 건의 얼굴을 보았다.

"아! 건 씨? 건 씨세요?"

건이 자신을 부르는 소리에 놀라 고개를 돌렸다.

영석은 건의 얼굴을 보고는 그 자리에서 굳어 버렸다.

조각 같은 외모의 눈부신 미소년이 눈앞에 있었다.

단지 미소년이란 단어로는 형용할 수 없을 만큼 치명적으로 섹시한 마스크였지만 순수함이 느껴지는 어색한 표정이 더해져 더더욱 큰 매력이 되었다.

영석이 SBS 시절부터 KVN으로 옮긴 지금까지 이런 분위기의 연예인은 단 한 명도 본 적이 없었다. 단연코 영석이 살면서 본 가장 매력적인 남자가 바로 건이었다.

건은 영석의 부름에 영석에게 정중히 인사하며 말했다.

"안녕하세요, PD님. 주말에 찾아 뵈서 죄송해요. 제가 학생이라……. 김 건입니다, PD님."

"……."

"에…… PD님? 저기…… PD님?"

건은 영석이 아무 말 없이 자신을 멍하니 바라보자 여러 번 그를 불렀다. 여러 번 불러 봐도 여전히 멍한 표정이라서 건은 조심스럽게 영석의 팔을 잡고 살짝 흔들었다.

"저기…… PD님?"

그제야 정신이 든 영석이 황급히 말했다.

"아, 아, 아! 네, 네, 네. 아이고 미안해요, 건 씨. 제가 잠시 정신이 나갔었나 보네요. 미안해요, 미안해요. 여기까지 오시느라 고생 많았죠? 주말인데 쉬지도 못하시고?"

영석은 원래부터 특권의식이 거의 없는 사람이었지만, 그런 점을 고려해도 처음 보는 건에게 과하다 싶을 만큼 친절했다.

"아니, 뭐 저야 학생인걸요. 주말까지 일하시는 PD님이 더 힘드시죠."

건은 친절하다 못해 굽신거리는 영석을 보며 뒤통수를 긁었다.

"아니에요, 아니에요. 저희 같은 방송쟁이들은 주말 같은 거 없다니까요. 워낙 이 생활에 익숙해진 터라 아무렇지 않습니다. 자자, 이럴 게 아니라 올라가서 이야기하시죠. 위에 중국에 함께 가실 배우분들도 와 계십니다. 오늘 간단한 브리핑을 할 예정이니 함께 모인 자리에서 하는 게 좋을 것 같아서 모셨어요."

영석이 손사래를 치며 말했다.

그 말에 건이 놀라 물었다.

"예? 배우요? 드라마에 나오셨던 배우분들 말씀이신가요?"

영석이 웃으며 말했다.

"네, 그럼요. 추종 드라마 수출 때문에 홍보차 가는 건데 다른 배우가 가면 쓰나요. 하하, 자, 이쪽 엘리베이터에 타시면 됩니다."

영석은 죽 늘어선 엘리베이터 중 왼쪽 두 번째 엘리베이터의 문이 열리자 건에게 손짓했다.

"오늘 다희 씨는 조금 늦게 오실 것 같다고 해서 저희끼리 먼저 시작할 겁니다. 현 씨랑 지후 씨는 와 계시니까요. 스텝은 AD, 메인 작가님 정도가 들어오실 거고요."

건은 그저 연예인을 실제로 볼 수 있다는 설렘에 영석의 말에 귀 기울였다.

"아 참, 미리 말씀드렸어야 했는데, 중국 측에서 지후 씨와 현 씨는 드라마에 나온 영상으로 홍보 영상을 제작하면 되는데 건 씨의 영상은 없어서 홍보물을 만들기 어렵다고 해서요.

오늘 회의 영상을 다큐멘터리 형식으로 짧게 찍어서 보낼 예정이에요. 중국과 일본 양국에 보낼 예정이고요, 괜찮으시죠? 어차피 거기 가면 사람들에게 알려질 얼굴이실 테니까 달라질 건 없어요."

건이 고개를 끄덕였다. 어차피 영상보다는 잿밥인 연예인을 실제로 보는 데 정신이 팔렸기 때문이다.

"네, 상관없어요, 전. 헤헤, 그런데 저 태어나서 연예인 처음 봐요. 현 형이나, 지후 형은 둘 다 멋지고 연기도 잘하시는 분들이라 정말 기대되네요."

즐거워하는 건을 보며 영석이 살짝 미소 지은 얼굴로 생각했다.

'후후, 어느 쪽이 놀라는지 보는 것도 재미있겠군. 현이랑 지후가 아무리 연예인이라지만 저 얼굴 보고 안 놀라면 사람인가.'

영석은 엘리베이터 안에서 몰래 핸드폰을 꺼내 회의실에 대기 중인 카메라 감독에게 문자를 보냈다.

"지금 들어간다. 우리가 처음 들어가면 카메라 한 대는 우리

찍고, 두 대는 지후, 현 표정 놓치지 말고 클로즈업해서 찍어,
OK?"

"자아, 오셨습니다!"

문을 활짝 열며 살짝 오버가 섞인 액션으로 건을 소개하는
영석이었다.

회의실은 10인 이상이 회의할 수 있는 규모를 가지고 있었
는데, 책상에는 현과 지후가 나란히 앉아 있었고, 맞은편에는
AD가, 카메라 감독 두 명과 오디오 감독은 회의실 한쪽 구석
에서 촬영 중이었다.

"어? 영석이 형, 빨리 왔네? 지후가 커피 사 왔어. 형도 마셔.
스텝들 꺼도 다 사 왔다네."

현이 피식피식 웃으며 영석에게 커피를 내밀었다. 영석이 주
위를 보니 촬영 중인 감독들도 손에 하나씩 커피를 들고 있었
다.

영석은 커피를 받아 들고 지후를 향해 잔을 살짝 들며 말했
다.

"유후, 매너쟁이 지후. 땡큐, 잘 마실게."

지후는 별거 아니라는 듯 씨익 웃으며 커피를 한 잔 더 내밀
었다.

"뭘 그런 걸 가지고. 아 이거 우리 OST 부른 가수분 거예요.

오늘 함께 회의한다고 들었는데……."

영석이 고개를 끄덕이며 옆으로 살짝 비켜섰다.

"어, 그래. 여기 오셨지. 인사들 해, 드라마 OST를 불러주신 건 씨야."

지후와 현은 처음 만나는 자리라 예의를 차리기 위해 엉거주춤 일어나다가 건을 보고는 그대로 굳었다.

눈을 크게 뜨고 건을 보는 지후와 입까지 쩍 벌리고 보고 있는 현을 보며 영석이 카메라 감독에게 신호했다.

카메라 감독은 미리 받은 언질이 있어 재빨리 두 배우의 표정을 번갈아 가며 찍었다.

건이 살짝 붉어진 얼굴로 인사했다.

"안녕하세요, 형들. 김 건이라고 합니다. 잘 부탁드려요."

건이 나서서 90도 인사를 했지만 엉거주춤한 자세 그대로 굳어버린 둘은 인사를 받아주지 못했다.

잠시 정적이 흐르자 영석이 손뼉을 치며 주위를 환기시켰다.

"자자. 현아, 지후야, 정신 차려!"

영석의 큰 소리에 화들짝 놀란 둘은 그제야 건에게 손을 내밀어 악수를 청했다.

"아, 이거 초면에 실례했습니다. 현입니다. 진짜 잘생기셨네요. 와 진짜 놀랐다, 나."

"안녕하세요, 지후입니다. 이거 커피 한 잔 드세요. 저도 초면에 죄송합니다. 너무 잘 생긴 분이라 놀랐어요."

건은 현과 악수를 하고, 지후가 건네는 커피를 받아 들었다.

"아, 아니에요. 전 괜찮아요, 신경 쓰지 마세요. 이렇게 뵙게 되어서 너무 영광입니다."

현과 지후는 계속 엉거주춤한 자세로 서 있다가 카메라를 보고 화들짝 놀라 자세를 바로 하고는 약간 붉어진 얼굴로 맞은편 자리를 권했다.

"아……. 창피해. 배우가 자세가 이게 뭐야, 초면인데. 하하, 자 건 씨 이쪽에 앉으세요."

영석과 건이 자리에 앉자 AD가 40인치 TV에 PPT를 열어 프레젠테이션 준비를 했다.

영석이 다시 자리에서 일어나 TV 옆에 서서는 편안한 자세로 한 손은 허리에 두고 설명을 시작했다.

"편안하게 갈게요. 촬영이라고는 하지만 이 영상은 쓸지 안 쓸지도 모르는 거니 자연스럽게 해주시면 됩니다. 일단 이번 출장의 목적은 드라마의 홍보가 주목적입니다. 현재 중국과 일본에서는 4화까지 방영되었습니다.

중국의 경우 이미 한국 드라마가 대중적으로 인지도가 있어서 1화부터 시청률 대박이고요. 일본 같은 경우는 1화의 사막 격투 신이 대중의 입맛에 맞지 않았는지 처음에는 주춤하다 3화부터 좋은 시청률을 보이고 있어요."

잠시 숨을 고른 영석은 시청률 그래프를 보며 다시 말을 시작했다.

"그래프를 좀 볼까요, 중국의 경우 시청률이 처음부터 상위권에서 시작해서 점점 올라가고 있어요. 중국 퍼블리셔에 따르면 중국 내에서 삼국지 IP로 만든 드라마나 가능한 수치가 예상된다고 하네요. 시청 인원의 성비는 1화는 남녀 7:3으로 시작해서 4화에서는 남녀 6:4로 여성 시청자의 비율이 증가하는 추세입니다."

왼쪽의 그래프로 손을 뻗은 영석이 이어 말했다.

"다음 일본의 경우는 중국과 좀 달라요. 여긴 압도적으로 여성 시청자가 많네요. 성비가 무려 9:1이에요. 여성이 90%라는 거죠.

어찌 보면 한국과 비슷하다고 생각하실 수 있는데, 좀 다른 것이 40대 이상 여성 시청률로 버티는 한국 시장과는 좀 다른 양상이네요. 그래프를 보시면 10대가 33%, 20대가 26%, 30대가 19%, 40대 이상이 22%로 나와 있습니다. 10대와 20대의 합이 59%라는 거죠."

영석이 TV 앞으로 나서 손을 벌리며 어깨를 들어 올렸다.

"저희가 양국에 많은 드라마를 수출하긴 했지만 그동안은 젊은 층을 공략하기는 어려웠거든요? 잘 아시다시피 일본에서 일어났던 욘사마 열풍도 일본 아줌마들이 좋아했지, 젊은 층에선 큰 반응이 없었어요. 그런데 이번 드라마는 양국 모두 주로 젊은 층에서 반응이 오고 있어요, 사극인데 말이죠."

영석은 AD에게 다음 페이지로 넘기라는 손짓을 하며 말했다.

"그래서 저희 드라마를 구매한 방송국에서 물들어올 때 노저으려는지 시청률이 상승하고 있는 지금 홍보를 더 하고 싶다고 하네요. 여기 중국 지도를 보며 설명해 드릴게요."

영석은 TV의 중국 전도를 손으로 집어가며 일정을 자세하게 설명했다.

"일단 처음은 중국의 수도인 베이징으로 갑니다. 그 후 텐진을 거쳐 칭다오로 가게 되는데, 중국 측에서는 난징과 푸저우, 광저우도 일정에 추가해 달라고 하고 있습니다만, 우리 배우들 스케줄 상 이동 거리가 먼 남부 지역까지는 어렵겠죠. 그래서 이번 행사는 중국 서부에서만 진행할 예정입니다."

영석은 잠시 숨을 고르고 PPT를 넘기라는 손짓을 했다.

"먼저 베이징의 행사입니다. 인천공항을 출발해 베이징 서우두 국제공항으로 들어갈 예정인데, 공항에서 시내까지 25㎞ 거리라 차로 이동하면 30분 안에 도착할 수 있을 겁니다.

이례적으로 팬 미팅에 국가대극원을 대여했다고 하네요. 우리나라 예술의 전당 메인 공연장 같은 곳인데 말이죠. 먼저 간단한 기자회견 후 팬들을 만나시게 될 거고요, 간단한 질의응답, 선물 증정이 끝나면 마지막 순서로 건 씨가 낙인을 불러주시면 됩니다.

무대가 이어지는 동안 다른 배우들은 사인회 준비를 해주시면 되고요, 바로 텐진으로 이동해야 하니 조금 서둘러서 준비하셔야 해요."

AD가 타이밍을 보고 PPT 다음 페이지를 열었다.

"다음은 텐진입니다. 텐진은 베이징 시내에서 차로 40분 정도 거리의 비교적 가까운 도시이고요. 첫날 이곳 행사까지 진행하게 될 겁니다.

형식은 베이징 행사와 같습니다만, 공연장이 아니라 하이센스라는 백화점 근처에서 행사를 진행하게 됩니다. 이 백화점 앞에 유럽풍의 카페거리가 있는데 그 거리에서 야외 공연 형식으로 진행될 예정이에요."

"마지막으로 칭다오입니다. 한국어로는 청도라고 부르죠. 여러분도 칭다오 맥주는 한 번씩 드셔보셨을 거예요, 워낙에 유명한 맥주다 보니.

텐진에서 칭다오는 500㎞가 넘는 거리라 비행기로 이동할 겁니다. TSN 일등석이 예약되어 있고 한 시간 정도 짧게 비행할 예정입니다. 팬 미팅은 칭다오 대극원에서 진행 예정이고 1,600석 규모의 메인 홀이 예약되어 있습니다. 행사가 끝나면 당일 저녁 비행기로 일본으로 이동 예정입니다."

"일본도 중국과 동일한 형식으로 행사가 진행될 예정입니다. 도쿄의 마쿠하리 멧세이에서 1회, 오사카의 코스모스퀘어 호텔에서 1회를 진행하게 됩니다. 행사는 하루에 모두 끝낼 예정이고, 행사가 끝나면 다음 날 밤까지는 자유 시간입니다.

도쿄 근처에는 디즈니 랜드도 있고, 오사카 근처에는 도톤보리나 오사카 성 등의 구경거리가 많으니 따로 자유 시간을 즐기시고 다음 날 밤 10시까지 나리타 공항으로 오시면 귀국하실 수 있습니다. 일정은 총 4일이고, 마지막 밤 12시 10분에 인천공항에 도착 예정입니다. 자, 여기까지 질문 있으신가요?"

긴 설명을 가만히 듣던 지후가 질문 했다.

"그럼 여기 건 씨는 노래가 끝난 후 사인회에 합류하게 되나요? 아직 인지도가 없으실 텐데……."

인지도에 관한 이야기는 건 역시 공감하는 바였기에 영석의 대답을 기다리는 건이었다.

그런 건을 바라보는 영석이 빙글빙글 웃으며 말했다.

"그 부분은 해결될 겁니다. 오늘 이 자리에 왜 카메라 팀이 와서 촬영 중일까요?"

지후가 카메라 팀을 힐끗 보고는 말했다.

"음……. 오늘 영상으로 홍보 영상을 만든다고 해도 아직 건 씨의 노래는 한 곡밖에 없는 데다 홍보 영상 역시 회의 영상인데…… 가능할까요?"

영석이 몸을 앞으로 숙이며 양손으로 테이블을 짚었다.

"건 씨가 들어올 때 여러분 표정, 카메라에 담아뒀습니다. 팬들이라고 다를까요?"

지후는 잠시 건을 바라보다 깊숙이 고개를 끄덕였다.

"하긴……. 건 씨를 보고 열광하지 않을 수 없겠네요. 건 씨가 행사장에서 상처받지 않으시도록 미리 홍보 좀 잘 부탁드려요, PD님."

영석은 알겠다는 고개를 끄덕이며 속으로 생각했다.

'지후야, 현아, 미안하다. 상처는 너희들이 받게 될지도 몰라. 하하!'

어느덧 세 시간이 흐르고 출출함을 느낀 이들은 근처 식당으로 이동했다.

회의가 시작된 지 한 시간 반쯤이 지나자 이전 일정을 마친 다희가 헐레벌떡 회의실에 들어와서는 건의 얼굴을 보고 놀라 호들갑을 떤 것 빼고는 별일 없이 회의 촬영을 마쳤다.

아니, 별일 없다고 하기엔 분위기가 소란스럽기는 했다. 현과 지후, 다희의 코디네이터와 메이크업 아티스트들이 우르르 몰려들어 건을 에워싸고 사인을 해달라는 둥 함께 사진을 찍자는 둥 졸라대는 바람에 건은 무척 곤란해 했다.

스텝을 제외하고 PD와 연기자만 남은 식당에서도 다희는 건 옆에 앉아 계속 사진을 찍어댔다.

"건아, 건아. 여기 봐봐 치즈!"

찰칵, 찰칵……

연신 사진을 찍어대는 다희와 그 모습에 당황해하는 건. 다희는 건의 얼굴에 자신의 얼굴을 바싹대고는 계속 사진을 찍어댔다. 서른 장가량의 사진을 찍고 나서도 음식이 나오지 않았다면 멈추지 않을 기세였다.

다희는 음식이 나오자 그제야 찍힌 사진들을 넘겨보며 말했다.

"어머, 어머. 얘 사진발 보소. 현이 오빠 이거 봐. 얘는 그냥 그림인데?"

현과 지후, 영석과 다희가 세 시간 동안 이어진 회의를 통해 서로 편하게 말을 하기로 하고 나서는 격 없이 대해줘서 그나마 어색함이 가신 건이었다.

현과 지후는 수선을 떠는 다희를 보며 고개를 저었다. 현은 다희에게 수저를 주며 말했다.

"얘 체하겠다. 그만 좀 하지?"

다희는 살짝 건의 눈치를 보더니 이내 웃으며 말했다.

"알았어, 알았어. 그만할게. 근데 건아, 이 사진 내 SNS에 올려 돼?"

건이 괜찮다는 듯 고개를 끄덕였다.

"네. 그럼요, 누나. 제가 영광이죠."

다희는 막 나온 계란찜을 한 숟갈 떠먹으며 말했다.

"호오, 호오. 아 뜨거워. 고마워 건아. 나랑 SNS 친구하자, 전화기 줘봐."

건이 전화기를 넘겨주자 자신의 전화번호로 전화를 걸었다 끊는 다희였다.

"전화번호 저장해둬. 그럼 자동으로 친구 추천 뜨니까 그때 팔로우하면 될 거야."

전화기를 돌려주는 다희를 보며 지후가 눈을 게슴츠레 떴다.

"와아…… 저 기술 봐, 저거. 완전 물 흐르듯이 번호를 따네. 너 점점 더 원숙해진다?"

다희는 놀리는 지후를 새침하게 째려보며 말했다.

"오빠는! 내가 뭐 아무한테나 이래? 얘 봐봐, 얘는 텔레비전에 얼굴 비치는 즉시 슈퍼스타 감이라고. 미리미리 인맥관리 해두는 차원이지 흑심은 없다, 뭐. 내가 한 다섯 살 더 어렸으면 또 몰라……."

다희는 맛있는 반찬들을 끌어모아 건의 앞에 놔 주며 말했다.

"자, 우리 건이 이것도 먹고, 이것도 먹어봐. 여기 누나가 자주 오는 집인데 맛있어! 아유, 어쩜 이리 예쁘게 생겼을까? 자!
아 해봐, 아."

건은 얼굴이 약간 붉어졌지만, 상대가 자신보다 나이 많은
누나라 크게 부담이 되진 않았는지 입을 벌려 다희가 주는 반
찬을 먹었다. 그 모습을 어이없게 바라보던 현이 외쳤다.

"아! 나도 좀 먹자 엉? 반찬이 너무 멀잖아, 이것아!"

현이 젓가락을 반찬에 가져다 대자 다희가 몸으로 반찬을
덮었다.

"안 돼! 이건 우리 건이 거니까. 오빠는 반찬 더 달라고 해서
먹어. 얜 아직 자라는 새싹이라고."

현이 젓가락을 탁 놓으며 말했다.

"야, 뭘 자라나는 새싹이냐? 나나 지후보다도 큰데. 아까 물
어보니 키도 187이래, 187. 저기서 더 크면 징그럽다. 그만 커
야지, 반찬 내놔봐."

다희는 현의 말이 들리지 않는지 계속 온몸으로 반찬을 막
았다.

"안 돼, 그래도 건이가 잘 먹어야 해. 이모, 여기 반찬 한 세
트만 더 주세요!"

영석은 어이없어하는 현의 어깨를 두드렸다.

"하하하, 그래 반찬은 더 시키면 되지 뭘 그래. 그나저나 다
희 쟤가 원래 저런 캐릭터였나?"

다희를 째려보던 현 대신 지후가 말을 받았다.

"아뇨, 원래 저런 캐릭터 아니었는데 이상하네. 건 이가 잘생겨서 그런 건가, 아니면 원래 연하 취향인가? 방송국이나 촬영장에서 애교도 잘 부리고 살갑긴 한데 누군가에게 저렇게까지 하는 건 처음 보네요, 저희도."

현은 계속 다희와 반찬으로 아웅다웅했고 그 모습을 보며 재미있게 웃는 건이었다.

"어여 반찬 좀 내놔봐, 어? 너 우리 집 종이었어. 기억 안 나?"

"도련님, 시나리오 못 보셨사옵니까? 저는 이미 다른 남자와 결혼을 한 몸입니다. 이만 놓아주시지요."

"네 이녀어어언!"

"저는 더 이상 종이 아닙니다, 도련님."

왁자지껄한 둘을 보다가 영석은 문득 건을 보며 말했다.

"아 참, 건아. 아까 지후가 말한 부분이 나도 걸려서 말이야. 지금 네 곡이 '문신' 한 곡밖에 없잖아? 그래도 무대에 섰는데 두 곡은 불러야 하지 않을까? 혹시 다른 노래는 없어?"

건은 얼굴이 둘을 보며 얼굴이 빨개지도록 크게 웃다가 영석의 물음에 간신히 진정하고 대답했다.

"와하하하하, 아 네? 네 형. 전 사실 가수도 아니고…… 문신도 원래 부르려고 했던 가수가 스케줄 펑크를 내서 제가 대신 부른 것뿐이거든요. 다른 노래는 없어요, 아직."

영석은 팔짱을 끼며 말했다.

"그럼…… 오리지널 곡은 없단 거네. 이렇게 해볼까? 우리가 이번에 방문할 국가가 중국이랑 일본이잖아? 현지에서 인기 있었던 노래를 해보는 건 어떨까? 다음 주 출발이라 연습 시간이 부족하긴 하겠지만, 그래도 준비해 볼 수 있을까?"

건도 지후가 그 부분을 언급할 때부터 마음에 걸렸던 문제인지라 얼른 고개를 끄덕였다.

"그럴게요, 저도 사실 좀 찜찜했거든요. 노래 한 곡 부르고 내려오다 앵콜이라도 나오면 어떻게 하나 하고요."

영석은 손뼉을 치며 말했다.

"좋아, 허락한 거다. 근데 무슨 노래가 좋을까?"

영석과 건이 진지하게 대화를 나누자 싸우던 걸 멈추고 귀를 기울였던 다희가 말했다.

"오빠, 오빠. 일본 하면 X지! 건아 X 노래해 줘. 응? 응?"

영석이 그런 다희를 보며 말했다.

"으음……. 확실히 Say anything 같은 노래는 잘 어울리긴 할 것 같은데…… 메인 보컬인 토시는 비염 섞인 얇은 목소리 아닌가? 건의 목소리랑은 다른데 괜찮을까?"

다희가 두 주먹을 꼭 쥐고 확신에 차 말했다.

"토시는 고음 올라갈 때만 그래요. 저음과 중음은 걸걸하다고요, 그리고 꼭 똑같이 부를 필요도 없잖아요, 모창 대회도 아니고. 건의 음색으로 부르는 X 노래가 듣고 싶다고요, 전!"

영석이 건을 보며 물었다.

"건아 가능하겠어? Say anything라는 노래 알아?"

건이 고개를 끄덕였다.

"네 형. X 노래야 뭐, 밴드하는 애들이 연습실에서 연습하는 거 많이 봐서 오다가다 많이 들어봤어요."

영석이 테이블을 손바닥으로 탁탁 두들기며 말했다.

"좋아, 좋아. 고음 파트가 어려운 노래니까 연습해 보고 혹시 무리라면 미리 말해줘. 관계자에게 언질은 안 하겠지만, 스텝들은 미리 알고 있어야 혼란이 덜 하니까. 자 그럼 중국 노래는 어떻게 할까?"

가만히 이야기를 듣고 있던 현이 테이블을 치며 반쯤 일어났다.

"중국 노래하면 무조건 영웅본색 주제가지! 장국영 노래!"

지후가 고개를 끄덕였다.

"음, 그 노래 제목이 'Love of the past'였지? 좋은 음악이지, 중국 팬들도 많이 알 것 같다."

영석 역시 고개를 끄덕였다.

"음 확실히 좋은 선택이야. 크게 어려운 노래는 아니지만…… 건이가 가사를 외울 수 있으려나 모르겠네. 중국어가 워낙에 어려워야 말이지."

넷은 일제히 건을 보았다. 건은 모두가 자신을 쳐다보자 살짝 당황하며 말했다.

"괘…… 괜찮아요, 제2 외국어가 중국어라 2년 정도 배웠거든요. 중국어 발음 좋다는 칭찬도 꽤 들었었으니까 문제는 없을 거예요……."

영석이 건의 말에 눈을 크게 떴다.

"뭐? 중국어가 가능해? 어느 정도나 되는데?"

건이 삐죽거리며 말했다.

"아, 뭐…… 너무 어려운 고어가 아니라면 알아듣는 건 다되고…… 말하는 건 조금 부족하지만, 의사표시는 할 수 있는 수준이 되는 것 같아요."

영석이 열광했다.

"오오오! 그래? 이야 이거 준비된 스타인 건가? 일본어만 되면 금상첨화일 텐데 말이야."

건이 조심스럽게 말했다.

"저…… 일본어도 할 수 있어요. 아마 중국어 실력보다 일본어 실력이 좀 더 나을 거예요."

영석이 놀라 물어봤다.

"뭐? 일본어까지? 건이 너 고등학생이라며? 너 공부 잘해?"

건이 부끄러워져 고개를 살짝 숙였다.

다희는 건의 팔짱을 끼며 함께 고개를 숙이며 물었다.

"왜? 건아. 공부 못해? 공부 못해도 상관없어. 저기 현이 오빠랑 지후 오빠도 공부 지지리도 못했어. 그래도 다들 잘살고 있잖아. 이 자리에 공부 잘한 인간은 영석이 오빠뿐이란다. 부끄러워하지 마, 몇 등 하는데?"

건이 더듬더듬 말했다.

"……100등이요."

다희가 깜짝 놀라 외쳤다.

"뭐? 100등? 전교에서 100등이면 공부 엄청 잘하는 거잖아? 우와 100등이라니 난 300등 안에는 들어가 본 적도 없는데, 대단하다, 우리 건이!"

영석도 살짝 놀랐는지 눈썹을 꿈틀거렸다.

"이것 봐라…… 공부까지 잘해? 이거 잘만 만들면 대형 스타 나오겠는데?"

호들갑을 떠는 다희에게 건이 말했다.

"저기 누나…… 전교 100등이 아니고…… 전국…….."

다희는 눈을 동그랗게 떴고, 영석과 지후 현은 턱이 빠지라 입을 벌렸다.

"저, 저…… 전국 100등? 전교 100등이 아니라?"

건이 코 밑을 손가락으로 비비며 말했다.

"우움, 네. 지난번 모의고사에서 100등 했어요."

다희는 경악 어린 눈으로 건을 보다가 그 눈이 점점 눈이 하트로 변해갔다. 다희는 얼굴 가득 애교 섞인 웃음을 지으며 깍지 낀 손을 테이블에 올리고 몸을 비비 꼬며 말했다.

"우리 건이…… 연예인이 아니라 검사나 판사가 돼야 하는 거 아니야? 전국 100등이면 서울대는 당연한 거고 외국어가 되니 외국에 있는 유명 대학에 가는 것도 문제없을 것 같은데. 우리 건이, 연상은 어때? 이 누나같이 넓은 마음을 가진 여자는 안 될까? 응, 응?"

그 모습을 본 현이 물컵에 손을 넣었다가 다희에게 물을 튕겨대며 말했다.

"뭐라는 거냐? 남자가 벌써 둘인데 하나 더 만들 셈이냐?"

"아 차가워 오빠! 아 하지 마, 하지 말라고!"

금방 다시 아웅다웅거리는 둘 때문에 분위기는 다시 화기애애해졌다.

영석은 팔짱을 끼고 생각에 잠겼다.

'음…… 전국 100등이라고? 공부 잘하는 걸 마케팅에 쓰려면 대학 명함이 있어야 하니 바로 써먹긴 좀 그렇고……. 어떻게든 좋은 관계를 이어나가야겠어. 이 녀석은 반드시 크게 된다. 가진 게 없는 지금 빚을 지워놔야 나중에 내 프로그램에 출연해 주겠지, 후후.'

일단은 건에게 잘해줄 생각부터 하는 영석이었다.

♪♪♪

　현과 지후, 다희가 공항에 나타나자 잠시 공항이 시끄러웠
지만, 공항 경비가 철저한 인천공항은 즉시 VIP로 무심사 출
국 처리를 해주었고, 일행은 큰 문제 없이 비행기에 탑승했다.

　일등석은 물론 비행기 자체를 처음 타본 건은 여기저기 두
리번거리며 비행기 내부를 구경하느라 여념이 없었다.

　연예인이 왔다는 소식에 주위를 기웃거리던 스튜어디스들
은 현과 지후를 보러 왔다가 건의 얼굴을 보고 매우 놀랐다.

　얼굴이 붉어진 채 주위를 맴돌며 힐끗 건을 보던 스튜어디
스들은 건과 우연히라도 눈을 마주치면 꺅꺅 소리를 질러댔
다.

　하지만 이륙 직전이 되자 일사불란하게 장내를 정리하고 기
내 안내 및 비상 상황 대비 안내를 진행하였고, 비행기는 인천
공항을 떠나 중국으로 향했다.

　방송국 스텝과 연예인들의 개인 스텝이 많았지만, 굳이 건의
옆자리를 고집한 다희는 건의 입에 땅콩을 넣어주며 즐겁게
웃었다.

　"건아, 아……. 헤헤, 맛있어?"

　건은 다희의 호의가 더 이상 부담스럽지 않은 듯 잘도 받아

먹었다.

사실 회의가 끝나고 중국으로 출발하기까지 약 일주일간 매일 같이 문자와 전화를 주고받으며 둘은 꽤 친해져 있었다.

우물우물.

"네, 누나 맛있어요. 그런데 비행기에서는 뭘 먹어도 다 공짜예요?"

"아니, 기본적인 건 다 공짜인데 돈 주고 시켜야 먹을 수 있는 것도 있어. 근데 우린 일등석이라 무료로 이용할 수 있는 게 이코노미나 비즈니스보다 더 많지."

"아! 그렇구나. 헤헤, 제 동생이 땅콩 진짜 좋아하는데 집에 가서 좀 주고 싶네요."

"그래? 더 달라고 해도 돼. 가방에 가지고 가도 너무 많이 가져가는 것만 아니면 딱히 제재는 안 하거든."

"아, 그래요? 그럼 좀 더 달래서 한두 봉지는 가져가야겠어요. 안 그래도 자기는 안 데리고 간다고 삐쳐서 다녀와서 용돈 주겠다고 했더니 겨우 풀렸거든요."

"헤헤, 우리 건이는 동생도 무지 아껴주나 보다."

"아니, 뭐…… 동생이 괴롭히기도 하지만 워낙 애교도 많고 눈치도 빠른 애라 귀여워하는 편이죠."

곧 이륙이 완료되어 안전띠를 해제해도 된다는 안내 방송이 흘러나왔고 벨트를 풀자마자 영석이 다가와 비행기 시트에 팔을 기댄 채 약간 불안한 기색으로 물었다.

"건아 노래 준비는 다 된 거야? AD한테 물어보니 특별히 연락을 안 해서 잘 준비하고 있나 보다 했다는데."

"네 형. 별문제 없어요, 가사도 다 외웠고요."

그제야 불안감을 씻은 듯한 영석이 안도했다.

"다행이다. 휴, 이런 거 하나하나 내가 다 챙겨야 해. 우리 AD 녀석은 추진력이 좋은 대신 디테일이 좀 떨어져. 메인 작가가 꼼꼼하기에 망정이지 저거 데리고 일하다 내가 암 걸리지."

"에이 AD형 일 잘하시던데, 왜 그러세요."

다희는 팔꿈치로 건을 톡톡 치며 말했다.

"얘, 영석이 오빠 괜히 저러는 거야. AD 일 잘한다고 이 바닥에서 정평 난 사람인데 뭘. 괜히 더 잘하게 하려고 그러는 거니 신경 쓰지 마. 저쪽 바닥은 키우고 싶은 애한테 더 욕한다더라."

건이 고개를 끄덕이며 히죽 웃었다.

"아, 영석이 형이 괜히 그러신 거구나? 좋으시면서, 헤헤."

계면쩍어진 영석이 얼굴을 손가락으로 긁으며 자리로 돌아갔다. 그러자 앞자리에 매니저와 함께 앉아 있던 현이 고개를 돌려 건을 보며 말했다.

"건아, 너 중국 쪽에 공개된 영상 봤어? 너 나오던데."

건은 고개를 저으며 말했다.

"아니요, 그거 국내에서 방송된 게 아니라 못 봤어요."

다희는 건이 고개를 젓자 작은 가방에서 아이패드를 꺼냈다.

"헤헤, 건아. 이 누나가 여기다 담아 왔지롱! 안 그래도 우리 건이가 보고 싶어 할 것 같아서 영석 오빠 졸라서 파일로 가져 왔어. 자, 이걸로 봐!"

건은 웃으며 다희에게 아이패드를 건네받았다.

"고마워요, 누나. 역시 누난 세심해."

"헤헤헤헤."

건이 아이패드를 터치하고 동영상 버튼을 누르자 원래 재생했던 동영상인 듯 바로 화면이 나타났다.

첫 장면은 현과 지후가 영석과 대면하는 장면으로 중국과 일본에서 많은 인기를 끌고 있는 것이 실감이 나지 않는다는 듯한 세 사람의 농담 섞인 말이 오간다.

장면이 바뀌자마자 화면이 검게 변하며 노란 글씨의 중국어로 크게 자막이 나왔다.

드디어 베일을 벗는 OST 문신의 가수!

화면이 밝아지며 문을 열고 들어오는 영석과 건을 보고 엉거주춤하게 일어나다 그 자리에서 굳어버린 현과 지후의 얼굴 클로즈업되는 동안에도 화면 하단에는 쉴 새 없이 자막이 나왔다.

한류 최고의 배우 둘도 당황한 미남 가수?
최고 미남 지후도 입을 다물지 못하는데.
현의 침이 떨어질 듯 말 듯.

하지만 영석의 뒤에 서 있던 건은 목소리만 나오고 얼굴은 검게 블라인드 처리되어 물음표가 그려져 있었다.
잠시 뒤 다희가 들어오고 다희 역시 건을 보고는 눈을 크게 뜨고 놀라는 모습.

한류 최고 미녀, 이다희의 눈에 하트가!
도대체 얼마나 미남이길래?
계속되는 다희와 건의 러브 라인을 기대하세요.

낯 뜨거운 자막을 보고 있는 건이 살짝 당황해하자 함께 영상을 보던 다희가 웃었다.
"그냥 이슈 몰이하는 거니까 부담 없이 봐, 건아. 헤헤헤."

건은 다희를 보지 않고 고개만 끄덕이며 화면을 바라보았다.

화면에는 건과 영석의 대화 장면이 담겨 있었지만, 끝까지 건의 얼굴은 블라인드 처리되어 있었다.

추종의 명장면들과 OST가 잠시 흘러나오다 검은 화면에 붉은 글씨로 자막이 나왔다.

8월 10일 토요일 오후 1시, 베이징 국가대극원에 그들이 온다.

다시 화면이 바뀌고 현의 멋진 사진을 필두로 지후, 다희의 사진이 화면에 순서대로 지나가다가 마지막 사진은 검은 실루엣으로 표시되었다. 다시 화면이 어두워지며 자막이 나온다.

마지막으로 문신의 주인공 Gun.

화면이 발을 비춘다. 신발을 보니 건 자신이 맞았다. 화면이 서서히 올라가고 앉아 있는 자신의 청바지 입은 다리가 보인다.

워낙 다리가 길다 보니 카메라가 한참을 올라가고 있어도 아직 허벅지를 비추고 있었다.

서서히 셔츠와 팔꿈치가 보이고 팔꿈치를 테이블에 괴고 깍지를 끼고 회의를 듣고 있는 건의 정면 모습에서 화면이 멈췄다.

건의 얼굴 위로 붉은색 느낌표 열 개가 박혔다.

그리고 화면꺼진 것더럼 검게 변하고 붉은색 글씨가 서서히 화면에 떠오른다.

他来到北京

(그가 베이징에 온다)

영상은 그렇게 끝났다. 건은 자신이 주인공인 것 같이 보이는 영상에 입을 쩍 벌렸다.

현은 어느새 다가온 지후와 함께 그런 건의 표정을 구경하며 싱글싱글 웃고 있었다.

"히히, 얘 표정 봐. 이럴 줄 알았지. 잘 만들었지?"

건은 살짝 얼굴이 붉어진 채 현을 보았다.

"아…… 네. 형…… 그런데 이거 제가 비중이 너무 크지 않나요? 형들이랑 누나들이 계시는데……."

다희가 웃으며 말했다.

"야, 말도 마. 지금 이거 유튜브 조회 수가 천만이야. 딱 4일 전에 올린 거거든? 중국 인구가 워낙 많아서 그런지 순식간에 올라가더라. 댓글도 엄청나, 중국어라 못 읽지만."

지후도 웃으며 거들었다.

"이거, 이거. 신인 가수 버스 태워주는 기분이었는데, 되려 우리가 건이가 운전하는 버스를 얻어 타는 기분이네. 이 영상 공개 후 중국에서 너 인기 엄청 많다더라."

건이 놀라며 물었다.

"예? 이거 제 얼굴 3초도 안 나오는 거 같은데 그럴 리가요?"

그때 영석이 다가와 말했다.

"지후 말이 맞아, 건아. 안 그래도 중국 방송사에서 너 인터뷰 따로 따도 되겠냐고 묻더라. 연예 뉴스 같은 프로그램에서도 계속 섭외 전화 오는 것 같던데. 일단 우리 일정이 너무 빡빡해서 거절해 뒀어. 중간중간 쉬는 시간에 카메라 들이대며 뭔가 물으면 적당히 웃으며 빠져."

♪♪♩

비행기는 곧 베이징의 서우두 공항에 착륙하였다.

착륙 직전 건은 웬만해서는 연예인에게 사인을 요청하지 않는다는 스튜어디스 누나들의 사인 공세를 받았고, 몇 명 되지 않았기에 웃으며 사인과 사진을 함께 찍어주고 내렸다.

다희는 일어나려는 건을 붙잡고 말했다.

"건아 이거 써. 공항에 내리면 반드시 쓰는 게 좋아."

건은 다희가 내민 선글라스를 보며 고개를 갸웃했다.

"음? 입국 심사할 때 선글라스 쓰면 안 되지 않아요?"

"응, 맞아. 그때만 벗어. 그냥 나가면 카메라 플래시 때문에 얼굴 찌푸려지는데 평생 흑역사로 남을 수 있단 말이야. 이 누나가 경험해 보고 추천하는 거니까, 어서 써."

건은 건네받은 선글라스를 챙겨 입국 심사장으로 갔다.

영석과 AD의 수완이 좋은지 무심사로 입국 심사가 통과되었고 짐을 찾은 일행은 곧바로 입국장으로 향했다.

입국장으로 나가는 문 앞에 선 건은 아무 생각 없이 자동문에 가까이 가려다 영석의 제지를 받았다.

"건아, 잠시만. 경호팀에서 아직 나와도 된다는 신호가 안 왔어."

건은 자신의 가슴을 막은 영석의 손을 보고 말했다.

"아, 현이 형이랑 지후 형 인기가 많긴 하신가 봐요. 공항 측에서 직접 경호팀도 꾸려 주고."

영석이 고개를 끄덕였다.

"응, 아무래도 중국에서 뜨는 드라마다 보니까 현이, 지후, 다희 셋 다 인기가 있는 편이지. 사전에 연락받기로는 서우두 공항 입국장 주변에 만여 명의 팬들이 와서 기다린다고 들었어."

건이 깜짝 놀라 물었다.

"만 명이요? 우리나라 공항에 가도 만 명씩 기다리진 않지 않아요?"

영석이 어깨를 으쓱하며 말했다.

"대국이잖아. 여긴 중국이라고, 인구 13억을 자랑하는 중국. 만 명 정도는 우습지도 않아, 여기는. 가끔 아이돌 스타 중에 중국에서 인기 많은 애가 올 땐 공항에 삼만 명까지도 몰린단다."

건은 역시 세계 최대 인구를 자랑하는 중국답다는 생각에 고개를 끄덕였다.

영석은 수긍하는 건을 보며 생각했다.

"내가 듣기로는 만 명의 팬 중 네 이름이 적힌 플래카드가 절대다수라더라, 건아. 푸흐흐흐."

영석은 함께 온 촬영팀에게 미리 나가 카메라를 세팅하도록 지시했다.

"자, 메인 카메라 감독님. 먼저 나가서서 카메라 설치해 주시고요, 중국 측에서 지미집 카메라로 찍은 영상은 저희 쪽에도 제공해 주기로 했어요.

전체 그림 따지 말고 연기자들 표정과 팬들 표정 위주로 찍어 주세요. 이거 나중에 메이킹 필름이나 다큐로 내보낼 거니까 잘 찍어주셔야 합니다. 오디오 감독님은 팬들 소리 지를 때 오디오 줄여 주시고, 연기자들 마이크 다시 한번 확인해 주세요."

영석은 입국장 문 앞에서 부산하게 지시를 내렸고, 원래 함께 일하던 사람들이라 그런지 PD의 지시에 빠르고 정확하게 움직이는 스텝들이었다.

십여 분의 기다림 후 영석이 가진 무전기로 소리가 울렸다.

치직.

-PD님, AD입니다. 현지 경호팀에서 진입 허가가 났는데, 팬들이 너무 몰려 안전사고 위험이 있으니 이동 차량까지 최대한 빠르게 이동해 달랍니다.

영석이 AD의 무전에 자신의 무전기를 입에 가져다 대었다.

"뭐, 왜? 기자회견 안 한대? 공항 도착 직후 기자 회견장에서 회견하는 거 아니었어?"

-예상과 다르게 이만 명 이상의 팬들이 몰렸다고 합니다. 기자회견은 국가대극원에서 간이로 진행하잖아요. 지금 현지 행사 업체 담당자와 논의하고 있는데 공항 측에서 공항 내 기자회견장을 이용할 경우 밖에서 팬들이 난입할 수 있다고 회견장 사용 허가를 취소해 버렸답니다.

"그렇군, 뭐 인기가 많아서 그런 거니 그렇게 하자면 해야지. 알았어, 지금 나간다?"

-네, 지금 나오세요!

영석은 연기자들 주위로 경호팀을 배치하며 말했다.

"자! 경호팀들, 지금 나갑니다. 연기자 위주로 경호해 주시고요, 현이랑 지후가 먼저 나가. 다희는 나랑 가고, 건이는 제일 나중에 따라와!"

영석이 경호팀 준비를 체크하고 입국장의 자동문 버튼을 누르자 현과 지후의 경호를 맡은 경호팀이 빠르게 튀어나갔다.

"꺄아아아!"

"워 아이 니!"

"흐아아아아아!"

엄청난 함성으로 인해 공항 내부는 지진이 난 듯 흔들렸고, 현과 지후는 스타답게 살짝 미소를 지으며 경호팀이 뚫어준 길을 걸어갔다.

다행히 안전 선이 설치되어 있었고 팬들이 현과 지후의 몸을 만질 수 없는 거리까지 확보되어 있어 비교적 편하고 안전하게 지나갈 수 있었다.

하지만, 다희와 영석이 지나간 후 입국장 문으로 건이 걸어나오자 상황이 급박하게 변했다.

"꺄아아아아아! 건! 건!"

"와아아아아! 건! 건!"

원래 자리에서 일어나 있긴 했지만 비교적 자기 자리를 지켜가며 소리만 치던 팬들이 일제히 입국장 문 쪽으로 밀려 들어왔다.

경호팀들은 안간힘을 쓰며 팬들을 안전선 밖으로 밀어내려

했으나 역부족이었다.

영석은 빠르게 길을 빠져나가다 상황이 변하자 소리쳤다.

"현아, 지후야! 다희 데리고 밖으로 뛰어나가. 건이는 내가 데리고 나갈게!"

영석의 다급한 목소리가 들리자 경험 많은 현과 지후는 다희의 손을 잡고 냅다 뛰었다. 세 사람을 담당하던 경호팀 역시 뒤도 안 돌아보고 뛰어나갔다.

영석은 남은 경호팀을 향해 소리쳤다.

"무조건 밀어내요! 안전선 못 지켜도 됩니다. 건이가 빠져나갈 수 있는 공간만 만들어줘요!"

건은 아직 입국장 문밖으로 나오지 못하고 밀려드는 팬들을 놀란 표정으로 바라보고 있었다. 건의 눈에 삐뚤삐뚤 한글로 써진 수많은 플래카드가 보였다.

'건이가 떴다.'

'건이 네가 좋아.'

'세상에 널린 게 남자라지만 넌 특별해.'

'건이야 사랑해.'

'김 건 딱 너야.'

'날 가져 건.'

중국인들이지만 하나같이 한국어로 쓴 플래카드를 흔들며 건을 향해 연신 '오빠, 오빠!'를 외쳤다.

건은 처음 겪는 팬들의 환대에 얼떨떨한 표정으로 경호원들의 보호를 받으며 우두커니 서 있을 뿐이었다.

도저히 길을 뚫을 방법이 보이지 않자 답답한 영석이 소리를 질러댔다.

"서우두 공항 경비대 연락해! 상황이 이 지경인데 어디 가서 뭘 하길래 안 보여! AD야 현지 업체 연락해 봐!"

AD는 영석과 함께 팬들이 미는 힘 때문에 이리저리 밀려다니며 소리쳤다.

"네 PD님! 좀 전에 현지 업체 직원이 공항 경비대에 직접 말하겠다고 떠났습니다!"

건은 여전히 입국장에 진입하지 못했고 광분한 팬들이 경호 팀을 밀어내며 입국장으로 진입하고 있었다. 경호 팀이 안간힘을 써서 밀어내고는 있지만 이만여 명의·홍분한 팬들의 힘을 받아내기는 어려웠다.

팬들이 입국장 문 앞까지 밀고 들어오자 건의 뒤쪽에서 공항 경비대가 뛰어나왔다. 공항 경비대는 다짜고짜 곤봉을 꺼내 휘두르며 팬들을 진압했고 점점 충원되더니 이내 이백여 명의 공항 경비대가 총출동하였다.

웬만해서는 몸으로 밀지만, 극히 홍분한 팬들에게는 곤봉 사용도 주저하지 않자 여기저기서 부상자가 속출했다. 부상자는 생겨났지만, 그 덕분인지 상황은 점점 나아져 결국 경호 팀과 공항 경비대는 길을 낼 수 있었다.

영석은 경호 팀이 팬들을 밀쳐내며 만들어준 길이 주차장 쪽으로 이어지는 것을 보자 소리쳤다.

"건아, 뛰어! 빨리!"

건은 엄청난 소란에 정신이 없었지만, 영석의 말에 반사적으로 그의 뒤를 따라 뛰었다.

경호 팀과 공항 경비대가 소리를 고래고래 질렀고 건이 지나가는 길에는 건의 몸을 만져라도 보고 싶은 팬들의 손이 허공을 움켜쥐었다.

건은 재빨리 뛰면서도 주위를 둘러보았다.

반쯤 공항을 벗어나던 길에 건의 눈에 공항 경비대의 곤봉에 맞아 머리에서 피를 흘리며 바닥에 주저앉은 여자가 보였다.

건 보다 한두 살 어려 보이는 여학생이었는데 손에 건에게 줄 선물인지 잘 포장된 무언가를 꼭 쥐고 머리에서 피를 흘리면서도 자신의 앞을 스쳐 지나가는 건에게서 눈을 떼지 못하는 소녀.

건이 멈추어 섰다. 갑자기 멈추어선 건을 본 팬들은 흥분해서 달려들기보다 돌발 행동에 놀랐는지 모두 움직이지 않았다.

영석은 건이 멈추어 섰는지 모르고 한참 앞을 뛰어가고 있었다.

건이 소녀에게 다가갔다. 경호 팀이 등 뒤에서 건이 다가오는 것을 느꼈지만, 팬들이 딱히 달려들지 않았기에 라인만 유지하고 지켜보고 있었다.

건이 라인을 넘어 팬들에게 다가가려 하자 경호 팀에서 제지하였다.

건은 자신을 밀쳐내는 경호 팀을 한번 바라보다 다시 소녀를 내려다보았다. 선 자리에서 그대로 손을 내밀었다.

자신 때문에 다친 소녀를 일으켜 세워주고 싶어서 내민 손이었지만 소녀는 건의 손을 잡기보다 자신이 가져온 선물을 건의 손에 쥐어주었다.

건이 가만히 선물을 바라보다 중국어로 물었다.

"괜찮아?"

소녀는 중국어가 들려오자 놀랐는지 큰 눈망울을 깜빡이다 세차게 고개를 끄덕였다. 건은 소녀에게 다시 손을 내밀어 일으켜 세워주고는 말했다.

"나 때문에 다치게 되어서 미안해."

소녀는 얼굴이 붉게 달아올랐지만, 건을 똑바로 올려다보며 고개를 끄덕였다.

"야, 건아! 빨리 뛰어! 그럴 시간 없어, 얼른!"

저 앞에 가던 영석이 건이 따라오지 않는 걸 느끼고 황급히 되돌아 소리쳤다. 건은 영석을 보고 고개를 끄덕인 후 다시 소녀를 바라보며 손을 흔들었다.

"다음에 또 보자, 다시 볼 수 있다면 말이야."

건은 즉시 뒤를 돌아 뛰어나갔고 정신을 차린 주위의 팬들은 다시 소리를 질러댔다.

다친 소녀는 건이 잡아 일으켜 줬던 자신의 손을 바라보다 건이 빠져나간 입구 쪽을 보았다.

"너…… 너무 멋있잖아!"

소녀 팬 한 명이 영구적인 팬으로 바뀌는 동안 건과 영석은 재빨리 대기하고 있는 리무진 버스로 다가갔다.

버스 안에는 걱정스러운 표정의 다희가 안절부절못하고 창밖을 두드리며 얼른 타라고 재촉하고 있었고, 현과 지후 역시 버스 창가에 붙어 있다가 달려오는 영석과 건을 보고 그제야 안심한 표정을 지었다.

영석은 건을 먼저 버스에 태우고는 주위를 둘러보고 외쳤다.

"안 탄 사람 없지? 팬들 나오기 전에 빨리 출발한다, 출발!"

버스가 출발하자 긴장이 풀렸는지 맥 빠진 표정을 한 영석은 버스 맨 뒷자리에서 다희의 호들갑을 받는 건에게 다가갔다.

다희는 현과 지후와 함께 먼저 뛰어나갔기에 뒷 상황을 모르고 있었고 단지 한참을 나오지 못하는 건에게 무슨 일이 있다고만 생각하고 걱정했던 것이었다.

영석은 건의 허벅지에 손을 올리며 물었다.

"괜찮아, 건아?"

건은 영석의 물음에 뒤통수를 긁으며 말했다.

"네 형. 죄송해요, 저 때문에 곤란하셨죠."

영석이 아니라는 듯 고개를 저었다.

"아냐, PD로 살다 보면 별일 다 겪어서 이 정도는 괜찮다. 휴 그나저나 건이 인기가 이렇게 많아서 어쩌냐. 가뜩이나 극성팬이 많기로 유명한 중국인데 움직이기 더 어렵겠어."

지후가 동감한다는 듯 말했다.

"맞아요, 나 아까 뛰어가다 깜짝 놀랐잖아. 나랑 현이 이름보다 건이 이름이 더 많이 보이던데요?"

현이 피식거리며 말을 받았다.

"이봐, 내 이럴 줄 알았어. 쟤 얼굴 미리 공개해서 그런 거야, 이게 다. 저 얼굴 보고 열광 안 하면 그게 여자냐? 다희 쟤 봐. 저런 아줌마도 열광하는데 십 대 소녀는 오죽하겠어?"

다희는 들고 있던 손수건을 현의 얼굴에 던지며 말했다.

"아줌마라니! 나 20대거든, 이 아저씨야!"

현은 갑자기 날아온 손수건을 위험한 물건인 줄 알고 화들짝 놀라 피하며 말했다.

"어이쿠! 뭐야 이거? 에이 손수건이네. 야 쟨 10대 거든? 쟤로선 너나 나나 다 아저씨 아줌마다 이거야."

또 아웅다웅하기 시작하는 둘을 보며 영석이 피식 웃다 무전기를 들고 말했다.

"AD야 너 2호 차에 있지? 우리 차 잘 따라와, 바로 행사장으로 들어갈 건데 행사 시간이 아직 좀 남았으니 팬들이 죽치고 있진 않을 거야. 그래도 혹시 모르니 최대한 진입로에 가까운 데다 차 세울 거야. 경호 팀 먼저 내리게 해서 경계한 후 들어간다, 끝까지 긴장 타고."

치칙.

"네, PD님. 지금 바싹 따라붙어 가고 있습니다. 경호 팀은 현지 방송국에서 급하게 추가 고용해서 행사장으로 보내주겠답니다. 저희 입국하는 동영상이 이미 유튜브에 올라왔다고 하네요. 방송국이 영상을 보고 놀라서 추가 경호 팀을 고용했다고 합니다."

"오우! 좋은 소식이네. 좋아! 아까보다 더한 상황은 없겠지만, 여하튼 정신 바싹 차려. 여기 중국이야."

버스는 약 30분 후 베이징 국가대극원 주차장으로 들어섰다. 아직 행사 시작 시각 한 시간 전이라 많은 팬이 몰리지 않을 것으로 예상했던 촬영팀의 예상과는 달리 좋은 자리를 선점하기 위해 많은 팬이 텐트까지 가져와 전날 밤부터 기다리고 있었다.

멀리 버스가 보이자 팬들이 소리를 지르며 발을 동동 굴렀지만, 줄을 이탈할 경우 다시 뒤에서부터 줄을 서야 했기에 다가오지는 못했다.

버스 안에서 상황을 지켜보던 영석의 무전기가 울렸다.

"PD님, 공연장 측에서 혼란을 대비해 행사장 뒤쪽에 VIP 주차장에 주차하랍니다. 지금 계신 곳에서 건물 우측으로 돌아 들어가시면 됩니다."

영석은 반색하며 무전을 받았다.

"오케이, 좋아. 기사님! 건물 우측으로 돌아 들어가세요. VIP 주차장으로 가랍니다!"

버스가 건물 우측으로 돌아 들어가자, 중국인으로 보이는 관리 요원들 십여 명이 차량을 유도했고, 노란 바리케이트 앞에서 간단한 차량 내부 확인 후 입장 되었다.

차들도 많고 사람도 많았던 외부 주차장과는 달리 건물 뒤편에 있는 VIP 주차장에는 고급 승용차 서너 대만이 주차되어 있었다. 아마도 고위 관리나 이 공연장의 관리인이 사용하는 전용 주차장으로 보였다.

버스가 안전하게 멈추자 촬영팀이 부산하게 장비를 챙겨 내렸다.

"자자, 연기자분들. 버스에서 내리면서부터 촬영 시작되는데 이거 메이킹이니 그냥 자연스럽게 행동하시면 됩니다. 그냥 욕만 하지 마시고 평소처럼 해주시면 되는 거예요."

영석이 연기자들에게 당부하자, 모두 알았다는 듯 고개를 끄덕였다.

잠시 후 버스 창밖으로 카메라 세팅이 완료되었다는 신호가 오자 영석이 손가락을 빙빙 돌리며 말했다.

"자 촬영 시작합니다. 연기자들 내리셔서 중국 측 방송국 직원들이 기다리는 저쪽으로 이동해 주세요."

영석을 포함한 다섯 명이 밝은 표정으로 내리자 모두에게 각기 한 명씩의 VJ가 따라붙었다.

건 역시 담당으로 배정된 VJ와 함께 건물 입구에서 대기하고 있는 직원들에게 다가갔다.

중국 방송사 측에서 나온 직원은 두 명으로 주위에 대기하고 있는 수많은 사람은 새로 고용한 경호 팀으로 보였다. 언뜻 보아도 백 명이 넘는 경호 팀이 주위를 철통같이 경계하고 있었고 한국에서 따라온 경호 팀은 연기자 주위에서 사주 경계를 하며 걸어갔다.

영석이 얼른 앞장서서 관계자로 보이는 여성에게 다가가다 통역을 찾았다.

"어? 여기 계시네. 통역! 통역 어디 갔지? AD야!"

영석이 주위를 둘러보며 통역을 찾자 여성이 손을 내밀며 말했다.

"통역은 괜찮습니다. 안녕하세요! 중국 중앙 정부 방송국인 CCTV의 손린 입니다."

영석은 상대가 능숙한 한국어로 말을 걸어오자 놀라며 손을 마주 잡았다.

"아? 한국어가 능숙하시네요. 저희로서는 커뮤니케이션이 원활해지니 환영할 만한 일입니다. 반갑습니다, 한국 KVN 방송국의 김영석 PD입니다."

손린이 살짝 미소 지으며 말했다.

"잘 알고 있습니다, 김 PD님. 저희 측에서는 김 PD님께서 만드시는 방송은 모두 모니터링 중이니까요. 차기작으로 만드시는 예능 프로그램 역시 많이 기대하고 있습니다."

영석이 볼을 긁으며 말했다.

"아 네, 그러셨군요. 차기작은 별 볼 일 없을지도 모릅니다, 하하. 그나저나 예상보다 팬들이 많이 모여서 당황스럽네요. 공항에서 위험한 상황까지 갈 뻔했습니다."

손린이 살짝 고개를 숙이며 말했다.

"그 부분은 죄송하게 생각합니다. 저희도 이 정도로 파급력이 클 것이라고는 생각하지 못했습니다. 늦게나마 정식으로 사과 말씀드립니다."

영석이 손을 위아래로 크게 흔들며 말했다.

"아이고, 아닙니다. 그렇게까지 하지 않으셔도 됩니다. 이렇게 경호 팀도 보완해 주셨는걸요. 그나저나 한국어를 무척 잘하십니다. 조선족 특유의 말투도 아니고 완전한 표준어를 사용하시네요. 한국에서 유학하셨습니까?"

손린이 살짝 고개를 저으며 말했다.

"저는 대한민국 F5 비자 소유자입니다. 즉, 어머님이 한국 분이신 거죠. 중국인이신 아버지와 한국인 어머님을 두고 있어 중학교까지는 한국에서 다녔습니다."

영석이 고개를 끄덕이며 말했다.

"그러셨군요. 어쩐지 한국인과 대화하는 기분이 들었습니다. 앞으로 이틀간 잘 좀 부탁드립니다."

손린이 미소를 지으며 고개를 끄덕이자 영석이 연기자들과 서로의 소개를 했다.

"자, 그럼 이틀 동안 우리 일정을 책임져 주실 중국 CCTV 담당자 손린 씨입니다. 이쪽 인상 강한 분이 드라마 주인공인 현 씨이고, 저쪽에 피부가 검고 키가 큰 분이 지후 씨, 그 옆에 선 아리따운 여성 분이 히로인 다희 양입니다."

손린이 한 명씩 눈을 맞추며 묵례를 하자 연기자들이 그에 맞추어 고개를 숙여 인사했다.

영석은 마지막으로 건의 소개를 하기 위해 건 옆에 서서 그들의 인사가 끝나길 기다렸다 말했다.

"그리고 이쪽은 요청하셨던 OST 문신을 부르신 김 건 씨입니다.

건이 살짝 앞으로 나와 린을 바라보았다. 린은 붉은색 블라우스에 검은 하이웨스트 스커트를 입고 검은 하이힐을 신고 있었고, 웨이브 진 김고 긴 흑발이 허리까지 내려와 있는 동양적인 미인이었다.

연기자인 다희가 청순하고 단아한 이미지의 미인이라면 린은 섹시한 스타일의 미녀였다.

여성에게 먼저 악수를 청하는 것은 실례라고 배웠던 건은 정중히 고개를 숙이며 입을 열었다.

"안녕하세요. 저는 김……."

"알아요, 김 건 씨."

"예?"

건은 갑작스러운 린의 말에 놀라 고개를 들었다. 린은 건에게 다가와 건의 오른손목을 붙잡고 자신의 가슴 어림으로 끌어당겼다. 건이 의아한 표정으로 린을 바라보자 린이 말했다.

"당신을 가장 기다렸습니다. 사실 서우두 공항에서의 일도, 지금 이곳에 이렇게 팬들이 몰린 것도 모두 당신의 영향이니까요."

"예?"

건이 어리둥절하자 영석이 나서며 물었다.

"무슨 뜻인가요, 린 씨? 건이 영향이라니요?"

린이 건에게 눈을 떼지 않고 말했다.

"건네주신 회의 영상으로 제작한 예고편의 중국 내 유튜브 조회 수가 1,400만 건. 예고편이 방송된 후 방송국으로 걸려온 문의 전화 532만 건 중 397만 건이 바로 건 씨에 대한 문의였습니다.

또 서우두 국제공항의 문의에 따르면 건 씨의 중국 방문 입국 시간에 대해 문의하는 전화 역시 수만 건에 달했다고 하더군요. 건 씨는 현재 중국 내의 방송사에서 뜨거운 감자입니다. 먼저 잡는 게 임자인데, 의도치 않게 저희가 선점하게 되었네요, 호호."

린은 일행을 안내하며 국가대극원으로 들어섰다.

전체적인 안내를 하면서도 항상 건 옆에만 서 있는 린이라 촬영팀 전체가 건과 린을 중심으로 촬영을 진행하게 되어 건이 살짝 당황했지만, 이동 중인 상황이라 별다른 말 없이 린의 안내를 들으며 걸었다.

"이곳 국가대극원은 오페라와 뮤지컬, 콘서트에 사용되는 곳으로 본래 TOP Class의 뮤지션이 아닌 경우 외국인에게 대여하지는 않는 곳입니다.

드라마 추종의 시청률을 고려하여 이례적으로 대여 허가를 내어 준 곳이고, 저희가 행사를 진행할 메인 홀은 5,473석 규모의 콘서트홀입니다.

좌석 수가 많은 편은 아니지만 한 좌석 한 좌석이 모두 넓은 VIP석으로 구성되어 있어 홀 자체의 규모는 30,000석 규모의 대형 뮤지엄과 비슷하다고 보시면 됩니다. 한국의 예술의 전당 공연장을 생각하시면 이해가 빠르실 겁니다."

린은 넓고 긴 하얀 벽의 복도를 걸으며 쉴 새 없이 말했다.

"저희 CCTV에서는 드라마 추종의 연기자분들을 모시게 된 점을 무척 기쁘게 생각합니다. 연기자분 한 분 한 분마다 모두 편안히 행사를 준비하실 수 있도록 각자 대기실을 따로 준비했습니다.

자, 이곳부터 문 옆 명패에 연기자분들의 성함이 쓰여 있으니 각자 개인 스텝들과 함께 사용하시면 됩니다. PD님과 AD님은 촬영팀과 이쪽을 사용하시면 됩니다. 아, PD님 혹시 연기자들이 대기실에서 준비하는 모습도 촬영하십니까?"

영석이 고개를 끄덕였다.

"그럼요, 메이킹 필름인걸요. 자자! VJ들 각기 담당 연기자 방에 설치 형 카메라 달아주시고 오디오 체크 해주세요. 조명 감독님! 대기실에 불 켜 보시고 따로 조명 필요할지 체크해 주세요!"

영석이 부산하게 지시를 내리자 린도 함께 온 부하 직원에게 지시했다.

"대기실 문 앞마다 경호 팀 네 명씩 배치하고 내부 직원 한 명씩 배정해서 불편한 사항이 있으면 즉시 바로잡도록 해."

부하 직원이 고개를 숙이며 뛰어갔다.

잠시 후 중국 경호 팀이 일사불란하게 대기실 앞에 줄지어 섰고 카메라 팀에서 준비가 끝났다는 신호를 보내자 연기자들이 각자 배정된 대기실로 들어갔다.

건 역시 자신의 이름이 적혀진 대기실이 따로 있는 걸 보고 방문을 열었다.

건은 대기실로 들어서자마자 놀란 눈으로 사방을 둘러 보았다.

환하게 밝혀진 대기실 내부는 유럽풍 샹들리에가 반짝이고 있었고 한쪽 벽면은 전체가 거울로 이루어져 있었다. 메이크업을 받을 수 있는 곳은 총 네 자리로 검은색 푹신한 의자가 나란히 벽 쪽 개인 거울을 보고 늘어서 있었고 의자 앞에는 거울 모양대로 조명이 설치되어 있었다. 반대쪽 벽에는 6인용 대형 소파와 긴 테이블이 있었다.

14평은 족히 넘을 것 같은 휑한 대기실에 건이 어색하게 서 있자 촬영하고 있던 VJ가 들어오라며 손짓했다.

건이 VJ의 손짓을 보고 어색한 걸음으로 6인용 소파에 앉았다. 한참을 아무 말 없이 어색한 시간이 흐르자 VJ가 카메라를 잠시 내리며 말했다.

"저기 건 씨. 무슨 말이라도 하셔야죠, 하하."

건이 뒤통수를 긁으며 말했다.

"무, 무슨 말을……. 저는 스텝도 없이 혼자라서."

VJ도 건이 혼자 중얼거리는 그림은 이상할 것으로 생각했는지 무전기를 들어 영석에게 말했다.

"PD님, 저 형석인데요. 건 씨가 대기실에 와 계시는데 개인스텝이 없어서 그림이 너무 어색하거든요? 이거 어쩔까요?"

-어, 걱정하지 마. 중국 쪽 연예 정보 프로그램에서 곧 건이 인터뷰 따러 갈 거야. 넌 그냥 구석에서 인터뷰 따는 모습 담아내면 되니까.

"아, 그렇군요. 알겠습니다, PD님."

VJ는 무전기를 어깨에 차고 건을 보며 말했다.

"건 씨도 들으셨죠? 곧 중국 측에서 인터뷰 따러 온다니까 잠시 기다리시죠."

건이 살짝 놀라며 물었다.

"연예 정보 프로그램요? 제가 그런 프로그램에 나와도 되는 걸까요?"

VJ는 카메라를 들이대며 웃었다.

"글쎄요, 그건 보는 사람들이 정하는 거니까요. 이 바닥에서 니즈가 없으면 촬영도 없는 건 당연하니 촬영팀이 온다는 건 건 씨가 그만한 영향력은 가지신 겁니다. 걱정하지 말고 편히 기다리세요."

건은 VJ의 말에 소파 앞쪽에 걸터앉았던 엉덩이를 소파 깊게 묻었다.

잠시 후, 대기실 문밖이 잠시 소란스러워지더니 노크 소리가 들리고 문이 열렸다.

문을 열고 들어온 이는 20대 후반으로 보이는 남성이었는데, 키가 작고 패셔너블한 안경에 알록달록한 무늬의 패션 정장을 입고 있었다.

조금 커 보이는 마이크를 쥔 그는 대기실에 들어오자마자 소리를 치며 호들갑을 떨었다.

"안녕하세요! 상해TV 한중싱동타이의 곽영웅 리포터입니다! 드디어 한국 드라마 추종의 주인공들이 중국을 방문한 현장에 도착했는데요. 많은 분께서 문의해 주셨던 베일 속 가수 김 건 씨의 대기실에 들어왔습니다!"

상해TV는 중국 상해에 본사를 두고 있지만 전국에 송출되는 방송사이다.

상해TV의 한중싱동타이는 중국에서 인기가 많은 한류를 중점적으로 소개하는 연예 프로그램으로 약 5천만 가구 이상이 시청하고 있으며, 2억 명 이상이 팔로우 하고 있는 매우 영향력 있는 방송이었다.

리포터는 문을 열고 들어오며 이미 건을 보았지만, 카메라를 보며 뒷걸음질로 들어오다 소파 앞에 서서는 건을 보고 놀라는 척 말했다.

"와아! 건 씨네요. 모두가 보았던 예고편에서처럼 어마 무시한 미남이십니다! 방송을 보고 있는 많은 여성 팬들이 가슴 설레고 있을 덴데요. 인사를 나눠 보겠습니다. 통역 분 잠시 이쪽으로 와주세요."

리포터가 통역을 찾으며 소파에 앉자 건이 유창한 중국어로 말했다.

"통역은 필요하지 않습니다, 곽영웅 씨. 반갑습니다, 여러분. 한국에서 온 김 건입니다."

건이 카메라를 보며 살짝 손을 흔들며 말하자 리포터가 놀라 외쳤다.

"오우, 중국어를 할 줄 아시는군요! 이건 중국 진출을 미리 염두에 두고 공부하신 건가요?"

건이 손사래를 치며 말했다.

"아닙니다. 저는 아직 학생인데, 학교에서 배우는 외국어 수업 중 중국어가 있어요."

리포터가 호들갑을 떨며 말했다.

"그렇군요, 그렇군요! 어찌 됐든 중국인으로서는 환영할 만한 일입니다! 좀 더 많은 한류 스타들이 중국어를 배우셨으면 좋겠군요. 자 그럼 본격적으로 인터뷰를 시작해도 될까요, 건 씨?"

리포터인 영웅은 한류 스타 인터뷰가 익숙한 듯 유려한 말솜씨로 자연스러운 대화를 유도했다.

"먼저 이렇게 만나보게 되어서 영광입니다, 건 씨."

"아닙니다. 아직 한 곡의 노래만을 선보였는데 이렇게 관심 가져 주셔서 감사할 뿐입니다."

"하하, 겸손하시네요. 혹시 건 씨가 나오는 행사 예고편을 보셨나요?"

"네, 중국에 들어오는 비행기에서 봤습니다."

"중국 내 한류 팬뿐 아니라, 일반인들에게도 엄청난 화제가 된 영상이었는데요. 건 씨는 어떻게 보셨나요?"

"네……. 사실 조금 당황스러웠습니다. 드라마의 배우분들이 다 출연하신 영상이었는데 마치 제가 베일에 싸인 주인공처럼 찍혀 있어서요……."

"와하하, 그러셨군요. 하지만 영상의 영향은 무척 컸습니다. 건 씨가 부른 OST가 바이두 차트 12위에 랭크 되어 있다가, 영상이 공개되고 1시간 후 1위가 된 건 알고 계신가요?"

"예, 예? 제 노래가 중국에서 1위란 말씀이신가요?"

"네, 건 씨. 중국 음원 사이트 1위인 바이두 차트에서 1위를 하셨고요, 씨아미와 쿠고우 차트에서도 1위를 하셨습니다. 사실상 중국 3대 음원 차트 올킬인데요, 기분이 어떠신가요?"

"어…… 얼떨떨하네요. 처음 듣는 소식이라……."

"네, 이해합니다. 1위를 하신 지 하루밖에 지나지 않았으니까요. 현재 소속된 기획사 없으시죠?"

"네, 네. 저는 아직 학생이고…… 연예인이라고 할 수 없어요. 그냥 우연한 기회에 드라마 OST를 부르게 되었던 것뿐입니다."

"와아, 이 외모에 연예인 안 하면 평생 여자 문제로 골머리 썩을 겁니다, 건 씨. 기대하고 있는 팬들을 위해서라도 계속 활동해 주셔야죠. 오늘은 드라마 추종의 홍보 행사 때문에 참여하신 것으로 알고 있는데, 가수분이 행사에 참여하셨다는 것은 노래를 부르는 시간이 있다는 거겠죠?"

"네, 맞습니다."

"오늘 불러주실 노래는 역시 추종의 OST인 문신이겠죠?"

"네, 제가 부른 곡은 한 곡뿐이니까요. 하지만 혹시 몰라 한 곡을 더 준비하긴 했습니다."

"오, 그래요? 좋은 소식이네요. 어떤 노래인가요?"

"네, 중국의 국민 배우 장국영 씨가 '영웅본색'이란 영화에서 부르신 'Love of the past'란 곡입니다."

"와앗, 영웅본색! 중국에서도 엄청난 인기였던 영화지요. 한국에서도 인기 있었나요?"

"네, 물론이죠. 한참 전이긴 하지만 바바리코트에 선글라스를 낀 아저씨들이 하나같이 입에 이쑤시개를 물고 주윤발 씨 흉내를 내며 다니는 걸 꽤 많이 봤거든요."

"하하하, 그렇군요. 중국에서도 마찬가지였습니다. 저도 한때 그 패션에 심취한 적이 있었지요."

"하하, 그러셨군요."

"행사는 TV로 중계되지 않으니 이 노래는 저희 한중싱동타이에서 독점 방송하게 되겠군요."

"아, 그런 건 잘 모르겠어요."

"어떻게든 저희가 독점 방송할 수 있도록 힘 좀 써주세요, 네?"

"아…… 전 힘이 없답니다. 관계자분들께 말씀해 보세요."

"하하하, 건 씨가 한마디만 해주시면 될 테지만 일단은 페어플레이하겠습니다."

"하하, 네."

"자, 화제를 좀 돌려볼게요. 어제 공개된 인터뷰에서 중국의 인기 배우인 '종려영' 씨가 자신의 이상형으로 김 건 씨를 언급하셨는데요. 혹시 종려영 씨를 아시나요?"

"아…… 잘 모릅니다만, 이상형으로 말씀해 주셨다니 너무 감사합니다."

"종려영 씨뿐 아니라, 홍콩에서 활동 중인 트윈스의 '알리안

청'도 이상형으로 낙점했다고 하던데요."

"아 네⋯⋯. 정말 죄송하게도 누구신지 잘 모릅니다."

"그러셨군요. 두 분이 들으시면 서운해하시겠지만, 이 기회에 건 씨에게 자신들의 마음을 전하셨고, 건 씨가 두 분에게 관심을 가지실 테니 너그럽게 이해해 주실 겁니다. 그렇죠, 종려영 씨, 알리안 청 씨? 건 씨! 두 분 검색해 보실 거죠?"

"네, 물론이죠. 배우분 영화도 찾아보고, 가수분의 노래도 꼭 들어보겠습니다. 죄송해요, 두 분."

"네, 두 분의 팬분들께서도 너그럽게 보아주시기 바랍니다. 그럼 다음 질문을 하죠. 건 씨께서는 혹시 중국에서 만나보고 싶은 스타가 있으신가요?"

"네, 만나보고 싶은 중국 스타는 많습니다. 어릴 때부터 보고 자란 성룡 씨도 보고 싶고요, 주윤발 씨, 이미 고인이 시지만 장국영 씨, 장학우 씨도 뵙고 싶네요. 사실 가장 뵙고 싶은 분은 주성치 씨이긴 하지만요."

"하하하, 이거 어쩌죠. 건 씨가 찾는 중국 스타는 전부 남자분들이네요. 여성 스타 분들 더 분발하셔야겠습니다, 하하하!"

"아⋯⋯ 딱히 그런 건 아니고, 제가 느와르 영화와 코믹 영화를 좋아하는 편이라 그래요."

"그러시군요. 자 그럼 마지막 질문입니다. 현재 약 5천석 규모의 콘서트홀이 꽉 찼는데, 표를 미리 구하지 못한 팬들이 이곳 국가대극원 주위에 가득합니다. 듣기로는 4만 명 이상의 팬들이 입장하지 못하고 밖에서 기다리고 계신다고 하는데요. 참석하지 못해 안타까워하는 팬들을 위해 한마디 해주시겠어요?"

"네? 4만 명이요? 아까 들어올 때는 그렇게 많지는 않았는데……."

"네, 아마도 공항에 몰린 팬들도 이동했을 테고, 또 늦게나마 합류한 팬들이 표를 구하지 못해 그런 것 같습니다."

"아, 네. 그렇군요. 그럼…… 그분들은 밖에만 계시다가 그냥 돌아가셔야 하는 건가요?"

"아마 그럴 겁니다. 이곳 국가대극원은 퀄리티 높은 공연을 지향하는 VIP 전용 콘서트홀이라 입석을 용납하지 않는 곳이니까요."

"아……. 그렇군요."

건이 카메라 쪽을 직시하며 말했다.

"저희 추종 팀을 보러 와주신 많은 팬 여러분, 환대에 정말 감사드립니다. 입장하지 못하고 밖에서 기다리고 계신 팬들께는 거듭 죄송하다는 말씀을 드려요. 사랑해 주셔서 너무 감사합니다."

영웅은 건이 마지막 멘트를 하자 일어서며 카메라를 보고 외쳤다.

"네, 이상 베이징에서 한중싱둥타이 곽영웅이었습니다. 감사합니다!"

중국에서 건이 한중싱둥타이와 인터뷰를 하는 동안 한국도 난리가 났다. 건이 부른 OST가 중국의 모든 음원 차트를 올킬한 것이 알려졌기 때문이다.

중국 측에서 확인한 자료를 프린트해 손에 쥐고 휘두르며, SBS 인기가요의 PD인 석진은 보조 PD들에게 크게 소리를 질렀다.

"야! 김 건이란 애, 아직 방송에 나온 적 없지? 드라마 OST가 한국에서도 11위인데, 중국에서 1위란다. 그것도 음원 차트 전체 올킬이란다. 빨리 김 건 소속사 알아보고, 섭외 때려! 이번에도 MBC 음악 중심보다 섭외 느리면 우리 다 모가지야, 알았어?"

보조 PD 중 모자를 쓴 PD가 손을 들고 말했다.

"PD님, 안 그래도 조금 전에 알아봤는데 김 건은 소속사가 없답니다. 그 왜 OST 전문 제작하는 곳 있잖아요? Studio Experience라는 조그만 곳에서 만든 음악이라는데, 연줄이 있는 건 KVN의 김영석 PD뿐이랍니다."

"그래? 야 전화기 줘봐. 음……. 영석이 번호가…… 여기 있네."

석진은 전화기를 쥐고 영석의 번호를 눌렀다.

"여보세요? 영석이냐? 나야 석진이. 그래 이직한 곳에서 잘하고 있는 것 같더라. 좋은 소식도 들리고 말이야. 다름이 아니고 너 지금 중국 출장 중이지? 혹시 김 건이란 가수 너랑 같이 있냐? 그래? 좀 바꿔 줘봐. 엉? 행사 중? 그러면 내가 이따 전화할 테니까 우리 프로그램에 나와 줄 수 있는지 물어 봐줘.

네가 힘 좀 써줘라. 너 SBS에 있을 때 내가 많이 챙겨줬잖아, 엉? 그래, 그래, 알았어. 그럼 이따 전화 다시 하마 부탁 좀 하자. 그래, 서울 도착하면 소주 한잔하자고, 그래."

석진은 전화를 끊고 보조 PD들을 돌아봤다.

"자, 이제 움직여! 일단 넌 Studio Experience인지 뭔 지로 가서 얼굴도장 찍고 오고, 넌 MBC 쪽에 친구 있지? 그쪽 연결해서 김 건 섭외 조짐 있는지 계속 체크해서 시간 단위로 보고해. 자자, 움직여!"

건의 중국행에 따라 무섭게 움직이는 한국 방송계였다. 방송계뿐 아니라 기획사들 역시 건이 소속된 회사가 없다는 것을 확인하고는 재빠르게 움직이기 시작했다.

대형 기획사뿐 아니라 기회를 노리는 중소 기획사들 역시 건의 학교, 집, Studio Experience와 KVN 방송국 앞에 진을 치고 기다렸으며 마음이 급한 일부 매니저들은 중국행 비행기에 몸을 실었다.

이러한 사실을 모르는 건은 연기자들과 함께 무대 인사를 하고 있었다.

진행을 맡을 이는 통역이 가능한 무명 개그맨이었는데, 무명치고는 매끄러운 진행으로 많은 호응을 끌어냈다.

여기에서도 건의 유창한 중국어 솜씨에 팬들은 열광했고, 당연하게도 건에게 질문이 집중되었다.

중간중간 진행자가 통역하지 않는 우스갯소리를 하면 연기자들이 일제히 건에게 무슨 뜻이냐는 표정으로 돌아보는 진풍경도 펼쳐졌다.

약 20분간의 인터뷰가 진행된 후 연기자들은 사인회장으로 이동하였고, 그동안 건의 무대가 이어졌다.

문신의 전주가 흐르자 슬프고 느린 노래라 흥분하기보다 눈물을 흘리며 조용히 노래를 감상하는 분위기였다.

건은 녹음 때보다는 집중하지 못했으나, 최선을 다해 노래했고, 많은 팬이 그 모습에 감동했다.

대다수가 손에 든 스마트폰으로 건의 노래를 녹화 중이었으니 유튜브를 통해 퍼져나가는 것은 시간문제였다.

문신을 부르고 난 뒤 건이 홀을 가득 메운 팬들을 보며 말했다.

"중국 팬들을 위해 한 곡의 노래를 더 준비했습니다. 한국의 노래도 좋지만, 중국의 노래도 너무 좋은 곡이 있어 불러 보려 합니다. 장국영의 Love of the past."

건의 말이 끝나자마자 Love of the past의 전주 부분인 하모니카 음이 울려 퍼지자 팬들이 열광했다.

모두가 알 만한 유명한 곡이기에 떼창이 나왔다. 건은 자신의 노래는 아니지만 수천 명의 팬과 함께 같은 노래를 한다는 것에 감동하며 잊을 수 없는 첫 공연을 가졌다.

모두 하나 되어 한목소리로 부르던 Love of the past가 끝나고 마지막으로 건이 정중하게 인사하자 수천 명의 팬이 기립하여 손뼉을 쳤다. 건은 여러 번 인사했지만 박수 소리가 끊이지 않자 곤란한 표정으로 진행자를 보았다.

진행자는 팬들과 함께 웃으며 건의 눈길을 받고는 마이크를 잡았다.

"자, 이것으로 김 건 씨의 무대를 마치도록 하겠습니다. 홀 외부에 사인회장이 마련되어 있고 연기자분들과 여기 김 건 씨도 사인회를 가질 예정이니 많은 이용 바랍니다.

다만, 다음 일정으로 인해 사인회는 한 시간만 진행되니 빠르고 질서정연하게 이동해 주세요."

진행자의 말이 끝나기 무섭게 수천 명의 팬이 일제히 입구로 밀려 나갔다.

한 시간 내에 사인을 받지 못하면 텐진의 행사장까지 따라

가야 하므로 팬들의 마음이 급해졌다. 물론, 그게 아니더라도 질서정연이란 말과 중국은 어울리지 않긴 했다.

건이 사인회장으로 이동하자 다희가 반갑게 맞아주었다. 현과 지후 역시 만면에 미소를 지으며 사인을 해주고 있었고, 다희 역시 자신 앞에 늘어선 줄을 보며 열심히 사인해 주며 말했다.

"건이 왔어? 노래 잘했어? 밖에서 듣긴 했는데, 박수 소리 장난 아니던데?"

현과 지후도 사인을 해주다 말고 건을 보며 말했다.

"어이어이, 거언! 노래 실력 장난 아닌데? 뭐 OST 처음에 들었을 때도 놀랐었지만."

"맞아, 넌 좋겠다. 나도 노래 잘하고 싶은데 음치라."

건은 자신을 맞아주는 셋에게 웃음을 보이며 자신에게 배정된 자리에 앉았다.

건의 자리 앞에는 건이 오기 전부터 길게 줄이 늘어서 있었는데 하나같이 손에 선물 보따리를 들고 있었다.

건이 자리에 앉아 본격적으로 사인을 해주기 시작하자 팬들이 소리를 꺅꺅 지르며 사인을 받고 악수를 청하거나 포옹해주기를 원했다. 지나친 요구에 대해서는 경호 팀에서 제재했지만 처음 사인회를 해보는 건은 하나하나가 모두 고마워 가능한 요구는 모두 들어주었다.

사인회의 시간이 지나갈수록 건의 테이블에는 인형이나 각종 먹거리 등의 선물이 쌓여갔고, 결국 산더미 같이 쌓인 선물들로 인해 건의 얼굴이 보이지 않자 경호 팀이 버스로 미리 짐을 옮겨주었다.

다희는 건 앞에 쌓여가는 먹을거리를 보며 군침을 흘렸다.

"건아? 그거 혼자 다 먹을 거 아니지? 누나도 줄 거지?"

건이 웃으며 답했다.

"그럼요, 누나랑 형들이랑 스텝분들까지 다 나눠 드려도 오늘 다 먹긴 어려울 것 같은데요, 뭐. 하하."

현이 능글맞은 웃음을 지으며 말했다.

"어이구 이거 원. 10년 넘게 배우 생활하고도 저런 인기는 못 받아 봤는데 말이야. 부럽다, 부러워."

현의 말에 지후가 맞장구쳤다.

"그러게 말이야. 그나마 한국에서는 우리가 더 인기 있잖아? 그걸로 위안 삼자고."

그 말에 옆에서 다가오던 영석이 말했다.

"누가 그래? 한국에서 너희가 인기 더 많다고? 야 지금 내 전화통에 불 나서 전화기 껐어. 한국에 건이 애 중국 음원 차트 올킬한 거 알려지는 바람에 난리 났다, 야."

다희가 놀라며 물었다.

"에? 중국 음원 차트 올킬이요? 건이 가요?"

영석이 건을 힐끗 보며 말했다.

"건이 녀석이 말 안 했나 보네. 바이두, 씨아미, 쿠고우까지 다 쓸어 버렸어, 어제부터."

현과 지후가 서로 마주 보고 허탈하게 웃었다.

"체면이 말이 아니네…… 월악산으로 들어가 산중 생활이라도 해야 하려나, 에혀……"

◈ 5장 ◈

세 번째 만난 사자(死者)

　저녁 시간에 베이징에서 톈진으로 이동한 일행은 성황리에
행사를 마쳤다.

　톈진에서의 행사는 카페 거리에서 진행되었는지라 더 많은
사람과 만나볼 수 있었다.

　일행들은 간단히 저녁 식사를 하고 호텔에서 쉬다가 다음
날 행사 브리핑을 위해 The Westin Tianjin 호텔 10층의 컨퍼
런스룸에 모였다.

　영석은 100여 명이 앉을 수 있는 원형 컨퍼런스룸의 가운데
서서 스텝들과 연기자들을 둘러 보았다.

　촬영 스텝은 메인 카메라 감독 2명, VJ 5명, 오디오 감독 2명,
조명 감독 2명, AD와 자신이었고, 연기자 3명에 가수가 1명으

로 총 17명의 인원이었다.

언뜻 많은 것 같이 느낄 수도 있지만, 해외 로케이션 촬영 시 80명에서 100명 가까운 스텝을 몰고 다니는 영석에게는 적은 인원이었다.

영석이 브리핑을 하려는 순간에도 설치된 카메라는 계속 돌고 있었고, 연기자들 방에 한해 일부 공간은 설치형 카메라로 촬영 중이었다.

"자, 오늘 일정이 마무리되었네요. 말도 많고 탈도 많은 하루였습니다. 내일 칭다오 행사를 마치면, 중국에서의 일정은 모두 마무리되고요, 바로 일본으로 넘어갈 예정입니다.

내일도 피곤한 하루가 될 테니 일찍 주무시길 권유 드립니다. 칭다오 행사는 오늘보다는 편하실 겁니다. 인구가 비교적 적은 곳이고, 칭다오 대극원 역시 1,600석 규모의 소형 홀이거든요.

베이징 행사의 4분의 1 정도 규모로 보시면 됩니다. 아침 9시에 기상해 주시고, 식사는 9시 40분까지 마쳐주세요. 식사는 2층 호텔 식당에서 조식 뷔페를 이용하시면 됩니다.

뷔페 앞에서 호텔 키를 보여주시고, 객실 안에 있는 조식 쿠폰을 내셔야 이용 가능하니 꼭 챙겨 가시고요, 10시 10분까지 1층 로비로 모여주시면 됩니다.

이곳에서 텐진 빈하이 국제공항까지 차로 20분 정도면 가지만 비행기 시간이 11시 30분이라 일정이 빠듯합니다. 늦지 말고 모여주세요."

스텝들이 영석의 말에 하나둘씩 일어서자 연기자들과 눈을 맞춘 영석이 말했다.

"브리핑장 카메라는 이제 꺼주시고, 객실 카메라만 돌려주세요. 나머지 스텝들은 각자 숙소에서 쉬시고, 연기자들도 들어가 쉬세요. 건이만 남자, 할 말이 좀 더 있어서."

잠시 후 스텝들이 모두 나가고 건과 영석만 남게 되자 영석은 건의 앞자리에 거꾸로 앉으며 말했다.

"건아, 오늘 힘들었지? 이런 일은 처음일 텐데 VJ가 촬영한 것 보니 인터뷰도 침착하게 잘했던걸?"

건은 살짝 미소를 지으며 답했다.

"아, 뭐 다들 친절하게 대해주셔서 딱히 어려운 건 없었어요. 조금 피곤한 것 빼고는 괜찮아요, 형."

영석이 테이블에 팔을 올리고 턱을 괴며 말했다.

"그래, 다행이구나. 너에게 남으라고 한 건 내가 할 말이 있다기보단 다른 분의 볼 일이야. 아까 베이징에서 본 손린 씨 기억나지? 중국 CCTV의."

"네 형. 물론이죠, 몇 시간 전에 뵌 분인걸요."

"그래, 그분이 텐진에 오셨어. 너한테 하고 싶은 말이 있으시다고 독대하게 해달라더구나."

"네, 어디 계신가요?"

"어, 곧 오실 거야."

건과 영석이 두런두런 오늘 있었던 일을 이야기하고 10여 분이 지나자 컨퍼런스룸 뒷문이 열리며 손린이 들어왔다. 낮과는 다르게 검은색 계열의 정장을 입고 손에 서류철을 든 그녀는 건과 영석을 보자 실쩍 웃었다.

"건 씨, 영석 PD님, 반나절 만에 뵙네요."

영석이 자리에서 일어나며 말했다.

"네 린 씨. 톈진까지 꽤 먼 거리인데 여기까지 오시게 해서 어쩌죠."

린이 아니라는 듯 고개를 살짝 저었다.

"아니에요, 제 볼일인걸요."

영석이 건과 린을 번갈아 보며 말했다.

"네, 그럼 독대를 원하셨으니 저는 그만 올라가 보겠습니다. 두 분 이야기 나누시고요. 건아 너 룸 넘버 알지? 끝나면 딴 데 가지 말고 바로 방으로 가도록 해. 치안이 나쁘지 않은 도시이긴 하지만 극성팬이 호텔 로비까지 들어와 있을지도 모르니까, 알았지?"

건이 일어나며 말했다.

"네 형, 오늘 정말 수고 많으셨어요. 푹 쉬시고 내일 봬요."

린은 그 자리에 서서 영석이 컨퍼런스룸을 완전히 벗어난 것을 확인 후 건의 옆자리에 앉았다.

"건 씨, 중국에서 보낸 첫날이 어땠나요?"

"네, 첫인상이 무척 좋았어요. 다들 절 좋아해 주시고 모두가 친절하셨어요."

"그래요? 그럼 다행이군요. 제가 건 씨를 뵙기 위해 텐진까지 온 이유를 말씀드리죠."

린이 자신이 가지고 온 서류철을 테이블 위에 놓았다.

"단도직입적으로 말씀드리겠습니다, 건 씨. 이곳에 오실 때 처음 계약 조건에는 건 씨의 섭외 조건이 인지도 없는 신인 가수로 책정되었었습니다.

그런데 이틀 전, 정확히는 예고편이 공개된 후부터 상황이 급변했죠. 건 씨는 한류 스타 중 S 등급에 해당하는 인기를 보유하고 있다는 것이 저희 CCTV의 분석입니다."

건은 린이 무슨 말을 하는 것인지 몰라 우물쭈물했다.

린은 그런 건을 보며 서류를 열어 보여주었다.

"저희 CCTV는 영세한 방송사가 아닙니다. 대국인 중국에서도 가장 큰 회사이죠. 그런 회사가 제대로 된 페이를 지급하지 않았다는 것이 알려지면 한류 스타들의 활발한 방문에 장애가 될 수 있다는 상부의 결정에 따라 현 시간부터 건 씨 당신의 페이를 조정하겠습니다. 계약 조건을 다시 보시죠."

린이 서류의 금액 부분을 손으로 짚어가며 설명했다.

"다른 부분은 달라진 것이 없습니다. 이미 소화하신 일정이나, 내일 소화하실 일정 내용은 모두 그대로이고, 페이만 바뀌었다고 보시면 됩니다. 여기 위안으로 표기된 부분을 보시고 마지막 총액을 보시면 되겠군요."

건이 계약서에 적힌 액수를 보고 눈을 크게 떴다.

"에? 1,200만이요? 이렇게나 많이 주신다고요? 전 중국과 일본 행사를 합해 1,000만을 받기로 했는데요?"

린이 건을 보며 짙게 웃었다.

"건 씨, 다시 보세요. 1,200만 '위안'입니다."

건이 고개를 갸웃하며 물었다.

"예? 아 중국 화폐로군요. 전 환율을 잘 몰라서…… 이게 얼마나 되는 금액인데요?"

린이 주머니에서 펜을 내밀며 말했다.

"여기 마지막 부분에 사인해 주시면 알려드릴게요. 아 걱정은 하지 마세요. 원래 받기로 하신 금액보다는 많으니까. 사인부터 하시는 것에 의심은 하지 않으셔도 됩니다."

건은 떨떠름한 얼굴로 서류에 사인한 후 돌려주었다. 린은 사인을 확인 후 웃으며 말했다.

"건 씨, 1,200만 위안은 한화로 19억 7,988만 원입니다."

건은 너무나 비현실적인 액수에 놀라 눈만 깜빡였다. 순간적으로 상황 이해가 안 되었기 때문이다. 린은 싱긋 웃으며 건에게 말했다.

"1,200만 위안은 저희로서도 S급 한류 스타에게 드리는 최고 대우입니다. 단 이틀간의 행사일 뿐이니까요. 그것도 드라마 홍보로요."

린이 일어나 건의 앞 테이블로 걸어가서는 테이블에 걸터앉았다. 무릎 아래까지 내려오는 타이트한 치마라 민망한 장면은 없었지만, 라인이 제대로 살아 있는 린이었기에 테이블에 걸터앉은 모습만으로도 건의 얼굴이 붉게 달아올랐다.

린은 그런 건이 귀엽다는 듯 짙은 미소를 지으며 말했다.

"일본은 음악 사업의 파이가 크고 경쟁력이 있는 지역이긴 하지만 자국 문화 특유의 색이 강한 나라예요.

즉, 외국의 음악을 선호하시 않는다는 것이죠. 그래서 그들만의 리그 안에서 우물 안 개구리가 되어가고 있죠. 지금의 상황을 보더라도 세계로 뻗어 나가고 있는 K-POP과 달리 J-POP은 서양권에서 그 존재 자체도 알려지지 않고 있죠.

불과 10년 전만 해도 일본은 록 음악의 신흥 강국이었어요. 건도 들어봤겠죠? 'Loudness'라는 밴드요. 그러한 밴드를 배출했던 일본이 현재는 문화 사업에서 시대에 뒤떨어진다는 평가를 받고 있죠."

Loudness는 1981년 아키라와 무네타카를 주축으로 결성

된 밴드로, 일본 최초의 메탈 앨범인 'The Birthday eye'를 발표한다.

이후 1985년 발표된 'Thunder in the east'는 빌보드 차트 74위까지 오르는 기염을 토했고, 이어진 'Lighting Strikes' 앨범 역시 빌보드 64위를 기록했다.

영국 정통 락 음악의 영향을 받았지만, 일본 특유의 감성이 녹아 있어 짧은 인기 이후에 멤버 교체 등 혼란기를 겪으며 내리막길을 걷기 전까지 세계에 일본 메탈을 알린 최고의 밴드였다.

"저희 중국은 일본과 다릅니다. 일부 개념 없는 중국인들이 대국임을 들먹이며, 다른 아시아권 국가들…….

특히 몇백 년 전 중국을 상국으로 대했던 나라를 무시하고 있습니다만, 그것은 일본의 우익처럼 '일부'입니다.

물론 중국이란 나라 자체가 워낙 크고, 인구도 세계 최고이기 때문에 그러한 개념 없는 인간들의 수 자체는 많습니다만, 전체 인구 대비 비율은 적은 편이지요.

저희는 배우고 또 받아들일 준비가 되어 있습니다. 아시다시피 한국의 문화 사업이 세계에 통한다는 것을 빠르게 인정하고 많은 방송 프로그램, 한류 스타 등을 영입하거나 구매하고 있지요.

구매력과 투자 금액 역시 세계 최고 수준이라는 것은 알고 계실 겁니다."

린은 건이 사인한 서류를 들어 보이며 말했다.

"건 씨, 1,200만 위안이란 돈은 당신의 미래에는 별것 아닌 푼 돈이 될 수도 있습니다."

건이 의아한 눈길을 보내자 린이 서류를 테이블에 탁 소리 나게 올리며 건의 눈을 똑바로 마주 보았다.

"중국 대형 기획사 중 저희 CCTV와 관계가 있는 기획사 세 곳에서 건 씨에게 계약서를 내밀었습니다. 오늘 제가 이곳까지 온 이유는 이 계약서에 사인을 받기 위함도 있지만, 그것을 빌미로 건 씨를 중국으로 영입하기 위함이었어요.

아, 오해가 있을 수도 있을 테니 정정하죠. 중국에서 활동만 해주시면 됩니다. 중국에서 살지 않으셔도 돼요. 한국과 중국은 이웃 나라니까요."

린은 품 안에서 세 장의 서류를 꺼냈다.

"건 씨, 방금 말씀드리고 바로 답변을 원하는 무례는 범하지 않겠습니다. 충분히 고민해 보시고 연락 주세요. 여기 제 명함입니다.

이 서류는 각 기획사에서 건 씨에게 제시하는 조건이 기재되어 있는 문서로 절대 기밀 유지를 해주셔야 합니다. 영석 씨나 다른 연기자들에게도 말이에요. 아, 물론 금액 외에 제시를 받았다 정도는 공유하셔도 무관합니다. 지금쯤 한국 쪽에도 인터넷 뉴스가 나갔을 테니까요."

건이 놀라며 물었다.

"예? 한국에요?"

린이 고개를 끄덕였다.

"네, 한국은 중국에서 발생하는 한류스타 계약에 민감합니다. 아무래도 한국 시장보다 규모가 크고, 그 금액 역시 한국보다 크니까요."

건이 주머니에서 스마트폰을 꺼내 포털 사이트 앱을 눌렀다.

실시간 검색 순위 1위는 물론이고 포털 메인 뉴스 배너에도 뉴스가 걸려 있었다.

MBN 뉴스 채널

[단독] 中 기업, 금성투자 그룹 산하 연예기획사 팡타지오. 김 건에게 백지 수표 제시!

중국 민영 사모펀드(PEF) 금성투자그룹(JC그룹)이 운영 중인 코스닥 상장사 팡타지오가 드라마 '추종'의 OST를 불러 화제가 된 '김 건'에게 백지 수표를 제시했다.

중국 기업이 한국의 기획사에 지분 투자 차원이 아니라 연예인 개인에게 손을 뻗은 것은 이례적인 일이다.

중국 항저우에 본사를 둔 금성 투자그룹은 민간 PEF로 그 역사는 짧지만, 운용자금 규모는 1,800억 위안(약 30조원)에 이르는 것으로 알려졌다.

김 건 씨는 '문신'으로 중국 3대 음원 포털을 점령하였으며, 최근 중국 국영 방송사인 CCTV를 통해 공개된 베이징 방문 예고편으로 일약 스타덤에 올랐다.

현지 통신원에 따르면 팡타지오 외에 두 개의 회사가 김 건과 접촉을 꾀하고 있으며, 계약 규모는 역대 S급 한류 스타들과 어깨를 나란히 할 것으로 전해지고 있다.

최근 한류를 적극적으로 받아들이고 있는 중국은 김 건 씨로 인해 발생할 또 다른 한류 열풍에 대한 기대감에 이번 계약을 예의주시하고 있으나, 반대로 한국의 연예기획사에서는 최근 잠재력이 높은 인재를 돈 많은 중국에 빼앗기고 있다는 불만을 표하고 있다.

[김 진광 기자]

[매일경제 & mk.co.kr, 무단전재 및 재 배포 금지]

건이 스마트폰을 보며 입을 쩍 벌리고 있자, 린이 접힌 서류를 펴주며 말했다.

"계약 조건입니다. 검토해 주세요."

건이 눈을 돌려 테이블에 놓인 서류에 적힌 글을 읽었다.

프로덕션 : 팡타지오

아티스트 : 김 건

전속 계약 기간 : 7년

활동 범위 : 작사, 작곡, 연주, 가창, 광고, 방송, 행사, 배우, 모델, 디지털 음반 (퍼블리시티권 포함)

계약금 : 6,047만 460.18 CNY (100억 KRW)

R/S (수익 셰어) : 아티스트 60% : 프로덕션 40%

프로덕션 : Hongkong Dong a entertainment

아티스트 : 김 건

전속 계약 기간 : 9년

활동 범위 : 작사, 작곡, 연주, 가창, 광고, 방송, 행사, 배우, 모델, 디지털 음반 (퍼블리시티권 포함)

계약금 : 7,252만 5,081.59 CNY (120억 KRW)

R/S (수익 셰어) : 아티스트 50% : 프로덕션 50%

프로덕션 : 텐전

아티스트 : 김 건

전속 계약 기간 : 8년

활동 범위 : 작사, 작곡, 연주, 가창, 광고, 방송, 행사, 배우, 모델, 디지털 음반 (퍼블리시티권 포함)

계약금 : 7,554만 6,959 CNY (125억 KRW)

R/S (수익 셰어) : 아티스트 45% : 프로덕션 55%

건이 금액에 놀라 린을 바라보자, 린이 싱긋 웃었다.

건은 린이 인사를 한 뒤 자리를 떠나고도 컨퍼런스룸에 혼자 앉아 있었다.

행사를 따라올 때만 해도 천만 원이라는 돈에 혹해 따라 왔는데 몇백억 단위의 돈 이야기를 하고 나니 머리가 복잡해졌다.

"아직 학업도 남았고…… 가수가 되는 건 나중으로 미뤄도 되겠지? 아니야…… . 나중을 기약하면 내 가치가 떨어질지도 모르잖아. 지금 한창 주가를 날리고 있으니 이런 금액으로 계약하자는 소리가 나오는 게 아닐까? 하아…… 어쩌지."

건이 한참을 자리에 앉아 머리를 쥐어뜯고 있자, 영석이 컨퍼런스룸 문을 열고 들어왔다. 영석은 건의 고민 가득한 뒷모습을 보고는 그럴 줄 알았다는 듯 하얀 이를 드러내며 웃었다.

"건아."

건이 화들짝 놀라 뒤를 돌아봤다.

"형! 안 그래도 형한테 찾아가야 하나 했어요. 아직 안 주무셨네요."

영석은 총총걸음으로 걸어와 건의 옆자리에 앉았다.

"안 그래도 그럴 거 같아서 온 거야, 인마. 너 중국 쪽에서 뭐 제의받았지?"

건이 눈썹을 꿈틀하며 의문의 눈빛을 보내자, 영석이 웃으며 건의 어깨를 쳤다.

"하하, 내가 이 바닥 생활이 15년 차야. 돌아가는 상황 보면 대충 가 나오지. 보나 마나 입이 떡 벌어지는 금액으로 회유했겠지?"

건이 고개를 끄덕였다.

"네 형. 금액은 비밀이라고 하는데…… 이거 어떻게 해야 할지 모르겠어요."

영석은 건 앞에 놓인 서류를 힐끗 보고는 말했다.

"뭘 어떡하냐? 네 마음 가는 대로 하면 되지. 연예인이 되고 싶은 거야? 아니, 이미 연예인이구나. 한국에서 인기 얻으려고 발악하는 아이돌 애들보다 더 큰 인기를 얻고 있으니."

영석이 건의 어깨를 꽉 쥐었다.

"건아, 너 공부 잘한다며? 그것도 반에서나 전교에서 노는 것도 아니라 전국에서 논다고 하지 않았어? 그럼 공부부터 해. 내가 보기에 몇 년 지나도 네 가치는 안 떨어진다. 물론 이 바닥이 꾸준한 활동을 하지 않으면 잊혀진다고는 하지만 넌 그렇지 않을 거야.

생각해봐, 네 실력이면 누구나 이름을 들어본 엘리트 코스

230 **악마의 음악** 1

를 밟을 수 있어. 나중에 가수든 연기자든 데뷔를 했을 때 그건 너의 큰 무기가 될 수 있어. 고등학교 졸업도 안 하고 데뷔해서 한국에 인 서울 대학교 연극 영화과 들어간 애들 봐. 방송에서 얼마나 무식한 티 내는지."

영석이 자리에서 일어나며 바지를 툭툭 털었다.

"내 생각엔 말이야. 먼저 최고의 대학에 들어가. 그리고 최고의 모습으로 다시 나타나라. 한국이나 중국이 아니라 영국이나 미국 같은 더 큰 시장에서.

너랑 이야기 나눠 보니 록 음악에 관심이 많아 보이던데, 한국이나 중국이 록 음악의 불모지인 거 알지? 서양권으로 나가야 돼 록 하려면."

영석은 컨퍼런스룸 중앙으로 걸어가 발표단에 서서는 두 팔을 벌리고 소리쳤다.

"소개합니다! The Ivy League, Harvad University HBS 출신의 천재 뮤지션, 김 건! 그의 천재적 두뇌로 만든 록은 과연 어떤 색깔일까요?"

건이 입을 떡 벌리고 바라보자, 영석이 크게 웃었다.

"하하하! 어때? 광빨나지 않아? 크, 진짜 죽이겠다. 소름 돋지 않아? 얼마나 간지나려나, 하하."

영석이 너스레를 떨자 건의 마음이 풀리며 웃음이 나왔다.

"헤헤, 형 말씀처럼 진짜 멋있긴 하겠네요. 최상위권 대학을 나오고도 예술을 한다는 건 좀 멋진데요?"

"바로 그거야, 건아."

영석이 다시 건에게 걸어오며 말했다.

"공부를 왜 해야 하냐라는 질문……. 너도 마음속으로라도 해봤을 거야, 나 역시 그랬어. 이래 봬도 방송국 PD 해 먹으려면 스카이 나와야 하거든. 나도 너만큼은 아니라도 공부 잘했다.

근데 중학교 때인가…… 왜 공부를 해야 하는지 이유를 못 찾겠더라. 그래서 과외 선생님께 물었더니 그분이 이렇게 말씀해 주셨어. '공부란 말이다. 고속도로를 뚫는 것과 같은 거야. 서울에서 부산까지 고속도로를 쫘아악 뚫어놓는 거라고.

나중에 내가 가야 할 길이 대전이 될 수도 있고, 대구가 될 수도 있지만, 이 고속도로만 있으면 어디든 쉽게 갈 수 있다. 네 나이 때 네 꿈이 확고하긴 어려워. 물론 그런 사람도 있지만. 고속도로를 뚫는다는 기분으로 공부해라'라고 말이야."

영석이 건의 머리를 쓰다듬어주며 말을 이었다.

"모든 선택은 네가 하는 거야. 인생은 B와 D 사이의 C니까. 알지? Birth와 Death 사이의 Choice. 그런데 네가 나에게 조언을 구하고 싶다면, 내가 해주고 싶은 말은 '대학에 간 후로 미뤄라'야. 그것이 인생이란 마라톤에서 네게 남보다 가볍고 통풍 잘되는 러닝화가 되어줄 테니까."

건이 고개를 끄덕였다.

"감사해요, 형. 심사숙고해서 결정하겠지만, 형의 말씀 금과 옥조로 여기고 새겨듣겠습니다.

영석은 웃으며 일어섰다.

"그래, 늦었다. 내일도 스케줄이 많은데 어서 자야지? 아, 자기 전에 다희한테 연락해줘. 걔 아까 보니까 건이 너 인터넷 뉴스 터진 거 보고 안절부절못하더라."

건도 웃으며 일어섰다.

"네 형. 그럴게요. 형이 제일 피곤하실 텐데 시간 뺏어서 죄송해요, 안녕히 주무세요."

건은 손을 휘휘 저어대는 영석을 보내고 호텔 방으로 돌아가 다희에게 전화하기 위해 전화기를 보았다.

[부재중 전화] 81통

[읽지 않은 메시지 198개 미리 보기]

-시화 : 야! 김 건 전화 받아!

-시화 : 뭐야 무슨 일 있어 오빠?

-시화 : 오빠 이거 인터넷 뉴스 나온 거 오빠야?

-주희 : 건아, 뉴스 봤어 너 정말 중국 가?

-주용 : 얌마, 뉴스 다 봤어. 돌아오면 한턱 쏴!

-용태 : 건아 온 나라 기획사에서 다 나한테 전화 온다. 전화 좀 줘.

-다희 : 건아 ㅠㅠ 아직도 회의 중이얌?

-은표 : 건 씨 살려줘요, 지금 스튜디오 앞에 기획사 매니저들이 진치고 있어서 집에도 못 가요.

-광고 : 햇실론 김미영 팀상입니다. 고객님은 연이율 27.8%로……

건은 땀을 삐질 흘리며, 한 시간이 넘게 이곳저곳 전화를 하고 문자 답장을 보내고, 새벽녘에야 겨우 잠을 잘 수 있었다.

건은 중국을 떠나 일본을 거쳐 한국으로 돌아왔다. 중국을 떠나기 전 린을 만나 계약거절 의사를 표했다. 린은 무척이나 아쉬워했으나 학업을 마치고자 하는 건을 이해하고 놓아주었다.

물론 추후 연예인 활동을 시작하게 될 때 최우선으로 연락해 줄 것을 거듭 부탁했다. 건은 형식적으로나마 긍정적으로 답하고 중국을 떠났다.

이후 방문한 일본에서는 린의 말대로 건을 크게 주목하지 않았다. 일본에서도 중국에서의 건의 인기는 알고 있었으나, 일본에는 건의 예고편이 방영되지 않았기 때문에 실제 행사장을 찾은 여성 관객들만이 건을 보고 열광했다.

이러한 행사 실황은 유튜브를 통해 일본 전역으로 뒤늦게 퍼져나갔으나 그때는 이미 건이 귀국한 뒤였다.

한국으로 돌아온 건은 매일 집 앞에 죽치고 있는 기자들 때문에 바깥출입을 하지 못했다. 시화 역시 집 밖으로 나가면 기자들에게 둘러싸여 건의 일상이나 생활상을 묻는 질문 폭탄 때문에 집 밖으로 나가기 어려운 상황이었다.

영하는 건이 받은 출연료에 대해 상의하자 금액을 듣고 기절 직전까지 갔다. 곧 태우가 퇴근을 해 망정이지 조금만 더 시간이 지났다면 정말로 기절했을지도 모른다.

태우는 가족들을 모아 회의 시간을 가졌다.

"일단…… 우리 출입이 어려운 것부터 해결해야 할 것 같은데, 여보 당신 생각은 어때?"

"그러게요, 시장 가기도 어렵네요. 당신 가게에서는 괜찮아요?"

"웅, 아직 부동산까지는 안 알려져서 그쪽으로 오진 않아. 시화는 어떠니?"

시화는 뾰로통한 목소리로 툴툴거렸다.

"방학이라고 신나게 놀 생각이었는데 오빠 때문에 집 밖에도 못 나가고 이게 뭐야. 친구란 년들은 맨날 카톡질해서 오빠 일상 사진 보내달라고 졸라만 대고, 밖에 나가면 기자 아저씨들이 오늘 오빠 팬티 무슨 색깔 입었느냐고까지 물어봐, 잉!"

건이 미안한 눈길을 보내며 말했다.

"미안해요, 저 때문에 가족들 모두에게 피해가 가서……."

태우가 아니라는 듯 고개를 저었다.

"아니다, 네가 유명인이 되어서 친지들한테도 연락 많이 오고 아버지 면이 많이 살아. 그런 생각하지 말거라."

영하 역시 맞장구쳤다.

"그래 아들, 아들이 유명해신 거잖아. 나쁜 일도 아니고 좋은 일로 유명해신 건데 괜찮아. 엄마랑 아빠는 아들이 자랑스럽단다. 피해를 줬다는 생각은 하지 말아. 시화, 이 기집애! 오빠 눈치 보이게 왜 그런 식으로 말해 이 기집애야."

시화가 눈을 흘기며 말했다.

"그래도, 그래도! 방학인데 나가지도 못하고! 외국 다녀와서 달랑 비행기에서 공짜로 주는 땅콩 몇 봉지나 선물이랍시고 주고! 어? 응?"

시화는 갑자기 자신의 옆구리를 찌르는 흰 봉투를 갸웃하며 보다, 봉투를 주는 건을 쳐다보았다.

건은 슬쩍 웃으며 말했다.

"시화야, 오빠가 미안해서…… 용돈이야 그거."

시화는 그 말을 듣자마자 얼굴에 웃음꽃이 활짝 폈다.

"와앙! 이럼 또 이야기가 달라지지, 자자 우리 오라버니께서 해외 원정까지 가서 벌어오신 돈으로 얼마나 넣으셨을까? 응?

10만 원 안 넘으면 이거 무효야."

건이 피식 실소를 흘렸다. 시화는 봉투를 훅훅 불더니 눈을 가까이 대고는 그대로 굳어 버렸다.

봉투 안에는 빳빳한 만 원권 지폐가 가득했다. 시화는 돈다발 수준의 돈을 꺼내어 공중에 흔들며 온 집 안을 뛰어다녔다. 어림잡아 백만 원 이상 가는 수준의 용돈을 받은 것은 처음이라 얼마나 기뻤는지 건의 볼에 죽어도 안 하던 뽀뽀까지 수십 번 해주는 시화였다.

영하가 그런 시화를 못마땅한 눈으로 보다 말했다.

"시화, 너! 오빠가 용돈도 줬으니까 이제 오빠한테 면박 주기 없다, 알았지?"

시화는 격하게 고개를 끄덕였다. 입꼬리가 양 귀에 걸려 내려올 생각을 하지 않는 시화였다.

태우가 건에게 말했다.

"그래, 앞으로 어쩔 셈이니? 방학이 끝나면 학교도 가야 하는데, 바깥 꼴이 저 지경이라 학교에 가겠니?"

건이 영하의 눈치를 살짝 보고는 말했다.

"사실, 학교를 그만두고 검정고시를 볼까 생각 중이에요."

영하가 건의 폭탄 발언에 깜짝 놀라며 말했다.

"뭐? 학교를 그만두다니! 왜?"

건이 영하를 보며 차분히 말했다.

"저런 상황에서 학교에 가면 모두에게 피해를 주는 게 되잖아요. 이제 2학기가 끝나면 고3인데, 저 때문에 뒤숭숭해서 친구들이 공부하기 힘들 거예요. 대신 엄마, 검정고시는 이번 가을에 바로 볼게요. 시험을 본 후에 바로 대학을 갈 생각이에요. 19살에 대학생이 되는 거니까 남보다 한발 앞서게 될 테니 걱정 마세요."

영하가 걱정스럽게 말했다.

"우리 아들이 공부를 워낙 잘하니 검정고시는 걱정되지 않지만, 학창 생활이란 게 평생의 추억이 되는 건데 그렇게 간단하게 생각해도 되겠니?"

태우가 걱정하는 영하의 손을 붙잡고 말했다.

"여보, 믿어 줍시다. 우리 아들이 잘났다고 다른 아이들한테까지 피해를 줘야 되겠소?"

건 역시 영하의 손을 잡으며 말했다.

"엄마, 저 믿어 주세요. 검정고시는 지금 당장 봐도 무리 없고 대입 수능도 바로 붙을 자신 있어요. 사실 선생님께 전화가 왔는데 2학기가 되면 연예인들처럼 오전 수업에 잠시 얼굴만 비치고 들어가라고 하시더라고요, 그 말씀 듣고 제가 학교에 다니는 게 다른 친구들에게 얼마나 큰 피해인지 알게 되었어요."

영하는 평생 건과 시화에게 남에게 피해를 주지 않는 삶에 대해 강조했다.

밤 10시가 넘어서 발소리만 크게 내고 다녀도 혼내던 영하였기에 다른 이들을 생각하는 건의 마음을 무시할 수 없었다.

결국, 영하가 고개를 끄덕이자 태우가 건에게 말했다

"그래, 학교 문제는 그렇게 하도록 하고, 저 밖에 기자들은 어쩔 셈이냐? 이렇게 피해만 다닌다고 될 일이 아닌 것 같은데 말이다."

건은 창밖으로 장사진을 치고 있는 기자들을 힐끗 보고 말했다.

"안 그래도 영석이 형에게 상담 드렸는데 어차피 검정고시 보고 외국의 대학을 갈 거면 그 전까지 제대로 부딪히라고 하시네요."

태우가 다시 물었다.

"외국의 대학? 유학을 생각하고 있니?"

건이 고개를 끄덕였다.

"네, 기왕 가는 대학교인데, 한국보다는 미국이나 영국의 유명 대학에 가고 싶어요. 금전적으로 여유가 없었을 때는 생각도 하지 못했지만, 지금은 여유가 있으니까요."

태우가 고개를 끄덕이다 물었다.

"그래, 아빠도 네가 한국의 대학보다는 세계로 나가 더 좋은 교육을 받는 것에 찬성한다. 우리 아들내미는 아빠랑 다르게 바르고 착하게 컸으니 외국 생활을 한다고 엇나가진 않겠지. 그런데 제대로 부딪히라는 건 무슨 뜻이지?"

건이 일어나 베란다 쪽에 쳐진 커튼을 걷으며 씨익 웃었다.

"말 그대로죠. 어차피 외국으로 공부하러 가면 기자들이 못 쫓아올 텐데 그 전까지는 제대로 방송에 얼굴을 드러내라는 거예요. 찾아오는 인터뷰 거절 말고, 섭외 오면 유학비 번다고 생각하고 출연하면 기자들이 저렇게까지는 안 할거래요.

저 사람들은 지금, 제가 방송에 얼굴을 내보이지 않기 때문에 절 만날 수 있는 곳은 집밖에 없으니 저러는 거겠죠. 제가 본격적으로 방송을 시작하면 방송국에서 절 볼 수 있으니 집까진 안 올 거예요."

시화가 놀라며 물었다.

"오빠! 방송하게? 그럼 이제 TV에 오빠 나오는 거야? 중국에서 인기 많다고 뉴스나 포털 사이트에서 오빠 이름은 많이 봤어도 한국 방송에 나오는 건 못 봐서 실감도 안 났는데, 이제나 오빠 TV에서 볼 수 있는 거야? 그럼?"

건이 고개를 끄덕이자 시화가 자신의 전화기를 들고 방으로 뛰어갔다.

"빅 뉴스다! 주희 언니한테 보고 해야지! Guns & Roses 난리 나겠네!"

시화는 방으로 들어가 문을 닫았다가 금방 빼꼼이 고개를 내밀고 말했다.

"오라방, 요새 Guns & Roses 언니들한테 연락 안 하지? 지금 거기 팬클럽 몇 명인 줄 알아?"

건이 고개를 저으며 말했다.

"아니, 마지막에 듣기로는 한 이백 명쯤 된다고 하던데?"

시화는 문을 닫으며 말했다.

"참나, 이백 명은 무슨, 언제 적 이야기야……. 오천 명 넘은 지 오래다, 바보탱아!"

닫힌 시화의 방문을 우두커니 바라보고 굳어버린 건이었다.

건은 곧바로 중국의 린에게 연락했다.

한국에서 방송을 시작할 생각이나, 6개월 이하의 짧은 활동으로도 계약할 수 있는가에 대한 질문을 하기 위함이었는데, 린은 계약금 없이 프로덕션 수수료 30%로 활동 지원을 약속했다.

사실, 린의 입장에서는 어떻게든 미래의 스타 건과의 관계를 이어가야 했기 때문에 파격적인 계약 조건을 제시한 것이다.

건은 영석과 상의한 후 린의 제안을 수락했고, 계약은 팡타지오와 진행하였다.

팡타지오는 건과 린이 첫 번째 통화를 할 때부터 이미 건의 계약 건에 대해 기정사실로 받아들였는지 수락 전화를 한 다음 날 한국으로 스텝들을 파견했다.

건은 자신을 찾아온 팡타지오 관계자들과 가까운 카페의 소파에 앉아 이야기를 나누고 있었다.

팡타지오에서 파견된 스텝은 매니저 1명, 코디네이터 1명, 헤어 디자이너 1명으로 총 셋이었다. 매니저의 이름은 이병순으로 건보다 세 살밖에 많지 않은 젊은 남성이었다.

팡타지오는 건과 밀접한 커뮤니케이션을 해야 하는 역할임을 고려해 한국인으로만 스텝을 구성했다.

병준은 173㎝가량의 키에 덩치가 좋고 얼굴이 검은 편에 짧은 모히칸 스타일 헤어를 하고 정장을 입고 있었고, 코디네이터 상미는 160㎝가량의 아담한 키에 건강한 검은 피부를 가진 이십 대 초반의 여인이었다.

헤어 디자이너 연주는 155㎝가량의 작은 키에 매우 귀엽고 밝은 미소를 가진 여인이었고, 셋은 모두 어릴 적 가족이 모두 중국에 이민을 가 중국에서 공부한 사람들이었다.

병준이 건에게 계약서를 밀며 말했다.

"김 건 씨, 여기 저희 팡타지오 측의 계약서입니다. 미리 안내받으셨겠지만, 저희 측 수수료는 30%이며, 짧게 활동하실 거라 필요 없겠지만 퍼블리시티권에 대한 명시가 있으니 꼼꼼히 읽어보시고 사인해 주세요."

정중하게 계약서를 내미는 병준에게 서류를 받은 건이 꼼꼼히 계약서를 읽고 사인했다.

헤어 디자이너 연주가 그런 건을 초롱초롱한 눈빛으로 보다 품에서 스마트폰을 꺼내어 가슴에 꼭 안고 물었다.

"저…… 건 씨. 우리 이제 계약도 했고 앞으로 같이 일 할 건데, 부탁 하나만 해도 돼요?"

건이 연주를 보며 고개를 갸웃했다.

"음? 네, 네. 그럼요. 무슨 부탁이신가요?"

연주는 카페 소파에서 벌떡 일어나 건의 옆자리에 앉으며 말했다.

"실은…… 중국에 친구들이 제가 건 씨 스텝으로 일하게 되었다니까 아무 안 믿어줘서요, 사진 한 장만 같이 찍어도 될까요? 친구들한테 인증하려고요."

울상을 하며 말하는 연주를 보며 건이 웃음을 터뜨렸다.

"하하하, 네, 네 얼마든지요. 백 장 찍으셔도 돼요, 하하."

연주가 반색하며 건의 옆에 붙어 사진을 찍기 시작하자, 상미가 살짝 얼굴을 붉히며 옆으로 붙었다.

"저…… 저기! 저도요 저도!"

"아, 언니! 나부터 찍고 언니도 찍어줄게요. 잠깐 저리 떨어져 봐요. 둘이만 나와야 그림이 산단 말이야. 빨리, 저리 휘이 휘이!"

상미와 연주가 아웅다웅하자 병준이 짐짓 근엄한 목소리로 나무랐다.

"어허! 연주야, 상미야. 초면인데 실례되게 무슨 짓이야?"

연주는 찔끔한 표정을 지었지만, 건이 웃고 있자 이내 눈을 치켜뜨며 말했다.

"왜? 오빠, 건 씨기 허락해 주셨잖아. 오빠도 찍고 싶으면서! 그럼 오빠 안 찍을 거야?"

병준이 화들짝 놀라며 엉거주춤 일어나다 건과 눈을 마주치고는 얼굴을 붉혔다.

"아니, 뭐. 허락해 주신다면 찍고 싶지, 나도……."

"거봐! 그치만 기다려. 나부터 찍고 그 담에 상미 언니, 그 다음이 오빠야."

연주는 쉴 새 없이 카메라 셔터를 눌러댔다. 서른 장이 넘는 다른 구도의 사진을 찍고 나서야 상미와 건의 사진을 찍어주더니 상미에게 사진을 보여주며 고개를 갸웃하고는 다시 상미와 건의 사진을 한참 찍고 나서야 병준과 건의 사진을 찍어주었다.

달랑 두 장만 찍어주었지만, 병준은 사진을 보며 만족했다.

"어흠…… 그거 나한테 보내줘, 지금 바로."

연주가 고운 눈을 흘기며 킥킥거렸다.

"히히, 자기도 찍고 싶었으면서 왜 안 어울리게 근엄한 척이야, 히히!"

건은 웃으며 병준에게 말했다.

"세 분이 친해 보이세요. 함께 일한 지 오래되셨나 봐요?"

연주보다 비교적 차분한 상미가 말했다.

"한 1년 정도 되었나 봐요. 보시다시피 저희도 이십 대 초반
이라 일 시작한 지 얼마 안 되었거든요. 병준 오빠나 연주나
모두 비슷한 시기에 입사해서 친하게 지내는 편이에요. 이번
일도 건 씨에 관계된 일이라 기쁘게 한국에 오겠다고 한 거지
만 함께 가는 사람들이 병준 오빠랑 연주라 고민하지 않고 바
로 하겠다고 한 거예요."

건이 고개를 끄덕이며 다시 병준을 보며 말했다.

"그럼 이제 본격적으로 스케줄을 잡아야 할 텐데. 방향성부
터 잡아야 하지 않을까요? 전 가수로 알려져 있지만, 앨범도
없고 발표한 노래도 딱 한 곡뿐이라 가수로서의 활동은 어려
울 것 같은데요."

병준이 고개를 끄덕이며 수첩을 꺼냈다.

"맞습니다, 본사에서도 가장 처음 그 부분을 고민했었죠.
하지만 저희는 팡타지오입니다. 최고의 매니저들과 분석팀을
보유하고 있죠. 또 그만한 자금력도 있고요. 지금 건 씨의 상
황에 맞는 플랜을 짜 왔습니다.

건 씨와 미팅을 하기 전에 이미 관계자들과 미팅을 하고 왔

고요, 현재 가장 강력하게 건 씨의 출연을 원하고 있는 프로그램의 PD들과 미팅을 가진 결과, 프로그램 녹화 시간이 길더라도 건 씨의 이야기를 많이 할 수 있는 프로그램을 해야 관심도도 높이고, 집 앞에 죽치고 있는 기자들도 걷어 낼 수 있다고 결론지었습니다."

병준은 목이 타는지 테이블 위에 아이스 아메리카노를 한 모금 마셨다.

"일단 건 씨와 개인적인 친분이 있는 PD가 KVN의 김영석 PD님으로 알고 있습니다. 미리 알아본 결과 현재 방영 중인 추종은 24부작으로 사전 촬영이 모두 끝난 것으로 확인되었습니다.

내일 방영분이 18화니까 앞으로 6편, 3주 후 방영이 종료되는 거죠. 그 직후 새 예능 프로그램의 녹화를 시작한다고 합니다.

파일럿 프로그램이긴 합니다만, 예능 쪽에서 스타 PD인 김영석 PD가 기획한 프로그램이라 참여해서 손해 볼 것은 없을 것 같습니다."

건이 반색하며 말했다.

"아, 그래요? 영석이 형이랑 일하면 편하죠. 어떤 프로그램인데요?"

병준은 수첩을 꺼내 이리저리 들춰보다 얼굴을 찌푸리며 말했다.

"프로그램 이름은 아직 미정이라는데…… . 무슨 저 멀리 떨어진 어촌 섬에 가서 자급자족하며 먹고 사는 프로그램이라는데요? 2주간 섬에서 먹고 자고 해야 할 것 같습니다. 조금 이해는 안 가네요. 이런 게 정말 재미가 있을지요."

건이 웃으며 말했다.

"와아! 섬에는 한 번도 안 가봤는데, 재미있겠네요, 뭐. 그런데 설마 무인도는 아니죠?"

병준이 고개를 끄덕였다.

"네. 약 100여 명의 주민이 살고 있다고 합니다."

건이 안심한 듯 고개를 끄덕이자 병준이 의미심장하게 말했다.

"사실 이 프로그램에 참여하는 것은 다른 노림수가 있습니다."

건이 의아한 눈으로 답을 묻자 병준이 답했다.

"바로 다음으로 진행할 프로그램이 '마이 빅 텔레비전'입니다. 아시죠? 인터넷 방송과 연계해서 하는 개인 방송국 진행 프로그램."

건이 안다는 듯 고개를 끄덕이자 병준이 눈을 빛내며 말했다.

"그 프로그램 출연을 위한 사전 작업입니다. 어촌에 가는 프

로그램은 배우 두 분이 메인입니다. 건 씨는 게스트죠. 그런데
또 한 명의 게스트가 있습니다. 바로 함준호 씨죠."

함준호는 40대 후반에 들어선 대한민국 최고의 어쿠스틱
기타 연주자이다. 1980년 '전인권과 함준호'의 멤버로 데뷔하
여 1984년 포크록 음악 그룹인 '시인과 이장'에 참여하였으며
그의 정규 음반 2집 '푸른 바다'는 경향신문과 음악잡지 네트워
크가 선정한 한국 대중음악 100대 명반 중 14위에 올랐다.
1990년 이후부터 신승훈, 손지창, 김경호 등의 가수 전문 기
타 세션맨으로 활동하고 있으며, 현재는 대학교의 실용음악과
교수로 활동하고 있는 최고의 기타리스트였다.

건이 놀란 눈을 크게 뜨며 물었다.
"함준호 씨요? 그분이 예능을 하세요? 기타리스트로 가장
유명한 분이긴 하지만, 예능 같은 곳에 얼굴을 보이는 분이 아
니라고 알고 있는데."
병준이 이를 드러내며 웃었다.
"저희 팡타지오입니다, 건 씨. 팡타지오가 마음먹어서 안 되
는 일은 없죠."
건이 고개를 갸웃했다.
"그건 그렇다 치고…… 함준호 씨가 나오시는 것과 제가 마

이 빅 텔레비전에 나가는 것이 무슨 관계가 있는 건가요? 언뜻 보면 아무 관계도 없어 보이는데."

병준이 깍지를 끼며 말했다.

"섬에 가서 할 일이 뭐 있겠습니까, 기타리스트가. 낮에는 끼니를 때우기 위해 고기도 잡고 집안일도 하겠지만, 밤에는? 아마도 아저씨들끼리 모이니 술판이나 벌이고 노래나 부르겠죠."

건이 동의한다는 듯 고개를 끄덕이자 병준이 웃으며 말했다.

"함준호는 기타리스트입니다. 한 시도 기타를 몸에서 떼 놓지 못하죠. 분명 밤에 기타를 잡을 겁니다.

건 씨 역시 기타를 치시죠? 자연스럽게 기타를 배우는 그림이 연출될 겁니다. 대한민국 방송에서 공식적으로 기타 천재 함준호의 제자로 김 건 씨를 떠올릴 수 있도록 해주는 거죠. 거기에 함준호씨의 기타 연주에 건 씨의 보컬이 더해져 아무도 없는 밤바다에 울려 퍼진다. 캬아, 생각만 해도 그림 나오지 않습니까?"

건이 약간 몽롱한 표정으로 상상을 해보니 좋은 기회가 될 것 같다는 생각이 들어 고개를 끄덕였다.

"아…… 네. 그렇게만 된다면 정말 좋겠네요. 함준호 선생님께 기타를 배울 수 있다니 꿈만 같네요. 그런데 그것과 마이 빅 텔레비전과 관계가 있나요?"

"네 물론입니다. 섬에서 촬영하는 예능 방송이 방영되고 있는 도중에 마이 빅 텔레비전 촬영을 진행할 겁니다. 알고 계시겠지만, 그 방송은 정식 방송을 하기 전에 미리 인터넷을 통해 방송되므로 즉각적인 반응이 있는 프로그램입니다. 거기서 건 씨가 기타를 잡고 노래를 하는 겁니다. 함준호 씨에게 사사 받은 기타 실력과 건 씨의 노래가 합쳐지면 방송을 보는 팬들은 정신을 차리지 못할 테니까요."

과연 수많은 인력으로 분석팀과 전략 기획팀을 운영하는 팡타지오답게 치밀한 계획이었다. 건은 문외한인 자신이 들어도 혹할 만한 계획을 듣고 만족스럽게 말했다.

"듣기만 해도 이해가 딱 되네요. 정말 많은 고민을 하셨나 봐요. 저 때문에 고생들 하셨는데 전 왜인지 방송을 제대로 해서 인기를 얻는 것보다는 함준호 선생님께 기타를 배울 생각에 설레기만 해서 죄송한걸요."

병준이 크게 웃으며 말했다.

"하하하, 저희가 원하는 것이 바로 그겁니다, 건 씨. 음악에 대한 순수한 열정만큼 대중에게 어필되는 것은 없어요. 사실 건 씨를 떠올렸을 때 우리가 무기로 사용할 만한 가장 큰 것은 건 씨의 외모입니다.

단 3초가량 출연하신 예고편만으로 중국에 몇만 명의 팬덤을 형성한 건 씨의 외모는 더없이 큰 무기이죠. 하지만 팡타지

오에 손린 씨가 직접 찾아오셨었습니다.

건 씨는 앞으로 더 높은 곳으로 날아올라야 한다는 거죠. 잘생긴 얼굴을 무기로 전략을 짜지 말고, 한 명의 뮤지션이 성장하는 모습을 팬들과 함께 지켜보는 식의 전략을 부탁하셨죠. 저희 전략팀은 린 씨의 부탁을 받고 전체적인 사업 전략을 수정한 것이고요."

건은 린에게 고마움을 느끼며 고개를 끄덕였다.

"아, 정말 감사한 이야기네요. 린 씨에게는 제가 따로 감사 말씀을 드려야겠어요."

병준은 들고 있던 여러 장의 서류를 정리하여 가방에 집어넣고, 꺼내둔 수첩을 안주머니에 넣으며 말했다.

"자, 내일 사전 미팅 차원에서 KVN에 방문해야 하니 오늘은 이 정도로 끝내시죠. 내일 아침 8시까지 댁으로 모시러 가겠습니다. 미리 나와 계시지 말고 전화 드린 후 나와 주세요."

건이 일어나며 말했다.

"네, 알겠습니다. 오늘 정말 감사했어요. 앞으로 6개월가량, 한국에서 활동하는 동안 잘 부탁드리겠습니다. 아 그리고, 저보다 나이도 많으신데 말씀 편히 하세요. 저도 형, 누나라고 부를게요."

병준, 상미, 연주는 생각지 못했는지 살짝 얼굴을 붉혔다.

"그…… 그래도 되겠습니까?"

연주가 폴짝 뛰며 건의 팔짱을 꼈다.

"와하핫! 좋아, 좋아. 건아 누나한테 '연주 누나'라고 한 번만 말해 줘봐, 응?"

건이 살짝 웃으며 연주를 부르려 하자, 상미가 재빨리 스마트폰을 들어 동영상을 촬영했다.

"연주 누나……."

"꺄아아악, 왜에 건아?"

연주는 한참을 꺄꺄대며 건의 팔을 잡고 흔들다 몇 번이고 뒤돌아보고 손을 흔들며 돌아갔다.

그날 밤 연주와 상미의 스마트폰은 쉴 새 없이 울어댔다.

둘의 SNS에 건과 함께 찍은 사진을 올렸기 때문이다. 순식간에 100만 건 이상의 '좋아요'가 달린 것은 물론이고 중국 포털 커뮤니티에는 '건과 함께하는 팡타지오 사단'이라는 제목으로 연주와 상미의 사진이 게재되었다.

특히 상미가 촬영한 영상 중 건이 '연주 누나'라고 말한 영상은 여러 가지 파일들로 제작되어 인터넷을 떠돌았다.

많은 누나 팬들이 스마트폰 메인 배경으로 누나라고 말하는 부분을 GIF 파일로 해두고 반복해서 보며 가슴을 떨었다.

연주와 상미는 밤새 울리는 스마트폰을 보며 흐뭇하게 웃으며 잠들었다.

아무도 관심을 가지지 않는 병준의 SNS에는 건과 함께 찍은 사진 밑에 단 하나의 댓글만 달려 있었다.

-합성하면 재밌냐, 병신아? 옛다, 관심.

♪♫

어둠이 도시를 삼키고 소음마저 고요해지는 시간.

불면증과 야근에 잠 못 이루던 이들도 하나둘씩 꿈속으로 들어갈 무렵, 종일 이어진 회의에 지친 건이 침대에 누워 곧 잠에 빠져들었다.

곤히 잠들어 있는 건을 포함한 주위의 모든 것이 흑백으로 물 들었다. 작은 소음을 내며 돌아가던 초침의 시곗바늘이 서서히 멈추고, 세상이 멈추었다.

"이 아이인가, 가마긴이 관심을 두고 있는 아이가."

나타난 이는 하얀 정장을 입은 금발의 중년 신사였다. 웨이브 진 금발 머리와 푸른 눈에 수염이 없는 깨끗한 턱선. 2m는 넘어 보이는 장신의 키를 가진 그는 침대에 누워 있는 건을 내려다보았다.

"음……. 과연, 악마의 축복을 받은 아이라 외모가 출중하구나. 이런? 가마긴 한 명이 아니군? 여러 악마의 힘이 느껴지는구나, 불쌍한 아이야."

중년의 남자는 손을 뻗어 건의 머리를 쓰다듬으려 했다.

그때, 갑자기 나타난 새하얀 손이 중년인의 손을 거칠게 쳐냈다.

"손을 치워라, 칼리엘."

살짝 분노한 듯한 목소리의 주인공은 가마긴이었다.

가마긴은 칼리엘이 건에게 서서히 떨어질 때까지 그대로 노려보고 있었다.

칼리엘이 완전히 물러나자 가마긴이 건의 앞을 가로막으며 말했다.

"제18천사 칼리엘, 뜻하지 않은 재앙이 있을 때 구원의 손길을 내미는 지천사.

오랜만이군, 아마겟돈 이후 처음이니 몇만 년 전인지 기억도 나지 않는구나."

칼리엘이라 불린 중년인은 살짝 웨이브 진 앞머리를 쓸어 올렸다.

"가마긴, 오랜만이군. 여전히 젊은 미모의 모습으로 다니고 말이야, 난 어느 정도 나이 먹은 중후한 남성이 매력적이라 이 모습으로 다니지."

가마긴은 뒷짐을 지고 말했다.

"왜 왔나? 설마 이 아이에게서 악마들의 축복을 앗아갈 셈인가?"

칼리엘은 살짝 미소를 머금으며 말했다.

"호오? 그렇다면? 인간세계에서 한번 붙어볼 생각인가? 2차 아마겟돈이라도 일으키겠다는 것인가? 고작 이런 인간 아이 하나 때문에?"

가마긴은 칼리엘을 막아서며 두 손을 풀었다.

"그래야만 한다면 그래야겠지."

칼리엘은 진중하게 나오는 가마긴을 보며 턱에 손을 가져갔다.

"음…… 소문이 정말이었나 보군. 가마긴 자네, 정말 천사로 돌아올 생각을 하고 있는 건가?"

가마긴이 눈썹을 찌푸리며 물었다.

"소문이라니? 어디서 들은 건가?"

칼리엘은 예민하게 구는 가마긴을 보며 한걸음 물러나 손을 휘휘 저었다.

"걱정 말게. 아이에게 해를 끼치지 않을 테니."

가마긴은 무서운 눈을 하고 칼리엘이 물러난 만큼 앞으로 다가서며 말했다.

"말해라, 어디서 들었나?"

칼리엘은 건의 방 책상의 의자에 손을 올려 기대며 말했다.

"미카엘 님이 알고 계시네."

대천사 미카엘, 구약성서 여호수아기에 '주님의 군대 장수를 만났다'라는 구절에 나오는 신의 군대를 지휘하는 총지휘관이다. 사탄이 된 루시퍼가 용의 군대로 천계를 쳤을 때 그를 맞아 패퇴시킨 가장 강력한 천사이며, 현재 천사들의 수장이었다.

가마긴은 칼리엘의 입에서 미카엘의 이름이 나오자 놀라며 말했다.

"미카엘이? 그가 어떻게 이 일을 알고 있지?"

칼리엘이 짙은 미소를 지으며 말했다.

"자네, 나나엘의 존재를 잊은 건가? 꿈을 관장하는 천사 말일세. 인간 세상에 현신하지 않고 아이의 꿈을 통해 나타난다고 하여 천사들이 모를 것 같은가?"

가마긴이 눈썹을 꿈틀하고는 다음 말을 기다렸다.

칼리엘은 그런 가마긴을 보며 웃었다.

"하하, 걱정 말게나. 미카엘 님은 무척 흥미로워 보이셨으니. 오늘 내가 이곳에 온 것은 자네를 방해하기 위함이 아니라 오히려 돕기 위함이네."

가마긴이 살짝 놀라 의문스러운 눈빛을 보내자 칼리엘이 말을 이었다.

"미카엘 님의 말씀이 사실이었다니 나도 흥미롭군. 사실 여기에 올 때까지만 해도 반신반의했는데 말이지. 천사가 되고픈 악마……. 특이하구나, 하하."

가마긴은 칼리엘이 비아냥대자 얼굴을 굳히며 말했다.

"긴말 하지 말고 미카엘이 무엇을 도우라고 한 것인 지나 말하게."

칼리엘이 책상에 걸터앉으며 말했다.

"나의 능력. 그것을 나누어주라 하셨네."

가마긴은 한참 칼리엘을 노려보며 진위를 파악하다 이내 한숨을 쉬었다.

"휴우, 그래. 미카엘이 눈치챘구먼. 자네 능력이라면 인간의 감정을 움직이는 능력을 말하는 거겠지. 인간들이 기도하다 기뻐하며 뛰며 노래하거나, 성령의 감동을 받았다며 눈물 흘리는 것도 자네 짓인 것을 잘 알지. 음악을 해야 하는 건이에게 분명 도움이 되는 능력일세, 그런데 왜?"

칼리엘이 웃으며 다가왔다.

"미카엘 님은 나비효과를 노리시네. 지옥 서열 4위의 대 후작이 천사가 되었다면, 다른 악마들도 그런 생각을 할 수 있지 않겠는가? 물론 그 수가 많지 않더라도 충분히 마계를 악화시키고 천계를 부흥시킬 수 있겠지. 또 자네의 천계 복귀도 상당히 기대하고 계신다네. 아마겟돈 이전에는 꽤 친하게 지냈다고 들었는데, 아닌가?"

가마긴이 고개를 끄덕이며 말했다.

"그래, 그렇지. 이제는 만날 수 없는 사이가 되어 버렸지만 분명 그와 나는 친분이 있었네."

칼리엘이 건의 머리에 손을 올리며 말했다.

"자, 그럼 날 믿는 것으로 생각하고 내 볼일을 보지. 자네가 인간세계에 자주 들락거리는 것을 우리가 눈치챈 것처럼 다른 악마들도 눈치챌 수 있으니 말이야."

가마긴이 고개를 끄덕였지만, 건의 옆에 바싹 붙어 칼리엘을 견제했다. 칼리엘은 그런 가마긴을 보며 고개를 저으며 실소를 흘렸다.

"원, 사람 참 의심하고는. 이제 내 볼일을 보겠네."

"제18천사 나 칼리엘의 이름으로 말한다. 혼자 회전하는 불의 칼날과 함께 에덴동산의 동쪽을 지켰던 지천사의 이름으로 명하니, 이 아이의 목소리에 인간의 감정을 조절하는 힘을 부여하라. 아이가 슬픈 감정으로 소리를 내면 듣는 이도 슬플 것이요, 아이가 기쁜 감정으로 소리를 내면 듣는 이도 기뻐 날 뛰리라."

건은 꿈속에서 1980년 12월 07일 뉴욕 센트럴 파크에 있었다.

도심 한복판에 위치한 이 공원은 넓은 미국 땅에 어울리게 공원의 규모가 상당히 컸다. 도심지에 무성하게 우거진 숲은 어울리지 않은 듯도 했고 무척 잘 어울리기도 했다.

　건은 세 번째로 생생하게 느껴지는 꿈이라 당황하지 않고 센트럴 파크를 구경했다.

　한겨울 날씨에도 불구하고 얇은 런닝에 반바지만을 입고 운동을 하는 사람들, 잔디밭에서 뛰어노는 아이들. 길거리에 세워진 핫도그 판매 리어카……. 모든 것이 평화롭게 느껴졌다.

　건은 한참 공원을 구경하다 공원 나무 넘어 멋진 르네상스 풍의 건물을 보고는 좀 더 가까이 보기 위해 다가갔다.

　건물은 살구색 벽에 파란 지붕이었는데, 뾰족한 지붕을 가져 멀리서 보면 마치 유럽의 유명한 성당을 보는 것 같은 호화로운 건물이었다.

　건은 한참 건물을 올려다보며 여기저기 기웃거렸지만 검은 제복을 입은 문지기가 건물 입구를 지키고 있어 안으로 들어가 보지는 못했다.

　살짝 떨어진 곳에 건물이 보이는 벤치가 있는 것을 보고 다가가 앉아서는 건물의 이모저모를 살펴보는 건이었다.

　"화아, 건물 진짜 멋지네. 호텔인가? 나도 저런 곳에서 하루만 자봤으면 좋겠다."

　건이 혼잣말을 중얼거리며 건물을 보고 있을 때 갑자기 옆에서 손 하나가 튀어나왔다.

"멋지지? 호텔이 아니야 저건, 아파트지. 다코타 아파트라고 하네."

건이 갑자기 나타나 말을 거는 이를 놀라며 바라보았다.

사내는 어느새 나타난 것인지 건이 앉은 벤치 옆에 나란히 앉아 건을 보고 있었다.

동그랗고 얼굴에 비해 작아 보이는 안경을 쓰고 목을 살짝 덮는 길이의 갈색 웨이브 진 머리를 가진 그는 코가 무척이나 뾰족했다.

전체적으로 조금 날카로워 보이는 인상이었지만 눈이 살짝 처져 있어 그 느낌이 가려져 있었다.

"아! 예, 예. 그렇군요, 아파트였군요. 멋지네요, 하하!"

건이 뒤통수를 긁으며 답하자 사내가 건의 앞에 내밀어진 손을 흔들었다.

"뭐해? 안 받고?"

건이 그제야 얼굴 앞에 있는 사내의 손을 바라보았다. 사내의 손에는 김이 모락모락 나는 핫도그가 쥐어져 있었다. 건은 무슨 뜻인지 몰라 사내를 쳐다보았다.

사내는 피식 웃으며 한 번 더 손을 내밀었다.

"먹으라고, 이 핫도그는 최고야. 스트로베리 필드에 살던 어린 시절부터 지금까지 몇십 년간 단 한 번도 맛이 변하지 않은 최고의 핫도그지. 부담 갖지 마, 50센트밖에 안 하는 거니까. 내 집을 칭찬해 주는 이에게 이 정도 호의는 보여야지."

건이 핫도그를 잡으며 말했다.

"아저씨 집이에요? 저 큰 집이 다요?"

사내는 고개를 살짝 저었다.

"아니, 다 내 집은 아니야, 아파트니까. 내 진짜 집은 영국에 있어."

건이 고개를 끄덕이며 핫도그를 한 입 베어 물었다.

"와아! 정말 맛있네요. 감사합니다."

사내는 그런 건을 웃으며 바라보았다.

"무지막지한 미남이군. 할렘가에 가거든 함부로 웃지 말게. 자네 같은 미남이 그렇게 웃으면 할렘가의 게이들이 다 덮치려 들 테니 말이야."

건이 계면쩍게 웃자 사내는 다시 아파트를 바라보았다.

"난 항상 녹음을 끝내고 집에 오는 길에 이 벤치에 앉아 내 집을 바라보곤 하지. 모두가 내 집인 것도 좋겠지만, 저렇게 많은 사람이 함께 지내니 따뜻하고 좋지 않나. 영국에 있는 내 집은 크기만 크지, 사람 사는 냄새가 안 나 휑하거든."

건이 고개를 끄덕였다.

"저희 집도 아파트인데, 앞집에 사시는 부부가 참 잘해주세요. 가끔 층간 소음 때문에 짜증 날 때도 있지만, 이웃이 있어서 좋아요."

사내가 건을 보며 말했다.

"층간 소음? 왜 윗집 인간이 총이라도 쏴대나?"

건이 손사래를 치며 말했다.

"아니요, 그런 건 아니에요. 고작 의자 끄는 소리나 발소리가 쿵쿵 울리는 소리 정도죠."

사내가 피식 웃으며 말했다.

"뭘 그 정도로 그래. 함께 사는 이웃인데 서로 이해해야지. 평화를 사랑하라고 잘생긴 친구."

건이 고개를 끄덕이며 웃었다.

"네, 화를 내거나 뭐라고 한 적은 없어요, 하하. 그런데 아저씨, 아까 녹음이 끝나고 이곳에 오신다고 했는데, 무슨 일을 하세요?"

사내가 아미를 찌푸리며 건을 보았다.

"이런, 동양 친구라 그런가…… 날 못 알아보는 사람은 오랜만이군. 나름 신선하긴 하네, 하하."

건이 고개를 갸웃거리자 사내가 일어나며 말했다.

"저 아파트 들어가 보고 싶지? 구경 한번 해볼래?"

건은 사내의 재촉에 못 이겨 아파트 안으로 들어갔다.

아파트의 로비는 르네상스풍의 외관과 어울리게 온갖 미술품으로 도배되어 있었고, 천장과 바닥 역시 벽화들로 빼곡했다. 사내는 건과 함께 엘리베이터로 다가갔다.

철망이 얼기설기 이어진 엘리베이터는 끼익끼익 소리를 내며 멈추어 섰고, 둘은 엘리베이터를 타고 6층으로 올라갔다.

사내는 길게 이어진 복도의 하얀 문들을 지나치며 가장 끝 방으로 가 주머니에서 열쇠를 꺼내 문을 열었다.

"요코, 나 돌아왔어."

사내가 집 안에 들어서며 말하자 안에서 여자의 목소리가 들렸다.

"존, 왜 이렇게 늦었어요?"

건은 문 안으로 들어가는 사내를 보며 그 자리에서 굳었다.

"요코? 존? 조…… 존 레논?"

존 레논이 코트를 벗어 옷걸이에 걸며 물었다.

"요코, 숀은 어디 있어?"

요코가 다섯 살 정도로 보이는 남자아이를 안고 방에서 나오며 말했다.

"여기 나랑 같이 있어요. 숀, 아빠 오셨네! 아? 손님이 있었네요. 안녕하세요?"

건은 인사를 하는 요코에게 정중히 고개를 숙여 인사했다. 요코는 오랜만에 보는 동양식 인사에 반색하며, 숀을 존에게 넘겨주고 마주 인사하며 웃었다.

"어머나! 일본인?"

건이 고개를 저으며 말했다.

"한국인입니다, 요코 씨."

요코는 고개를 끄덕이며 웃었다.

"그러셨군요. 아! 저는 다른 일본인과는 달라요. 전 일본 출신이지만 어릴 적부터 외국 생활을 해왔고, 존과 마찬가지로 선생 반대주의자거든요. 제 출신지이지만 전쟁으로 많은 이들을 고통으로 몰아넣고 있는 일본을 좋아하지 않아요. 그래서 이제는 조선이 아닌 대한민국이라 불리는 당신의 나라 역시 싫어하지 않습니다."

존이 숀의 엉덩이를 두드리며 말했다.

"아, 한국인이었군? 요코를 미워하진 말아줘, 내가 사랑하는 나의 아내니까 말이야. 그러고 보니 내 집에 들이면서 이름도 모르고 있었네. 이름이 뭐야?"

건이 말했다.

"김 건입니다, 미스터 레논. 몰라 뵈어서 죄송합니다. 설마 비틀즈의 존 레논을 뉴욕 공원 벤치에서 만나게 될 거라곤 생각도 못 했거든요. 존경합니다, 미스터 레논."

존이 숀을 요코에게 다시 넘겨준 후 웃었다.

"그래, 날 알긴 아는군. 이거 이제야 체면이 좀 서네, 하하. 요코, 손님이 오셨는데 먹을 거라도 좀 해줄 수 없을까?"

요코가 웃으며 숀을 안고 주방으로 향하자 존은 건에게 소파의 자리를 권했다.

건이 자리에 앉자 존이 말했다.

"왠지 모르지만 건 너에게서 음악의 향기가 나. 너도 음악을 하는 사람인 건가?"

건이 살짝 놀란 기색으로 물었다.

"그런 냄새도 맡으세요?"

건이 정색하며 놀라자 존이 크게 웃었다.

"와하하하! 이런, 놀리는 맛이 있는 친구로군. 그냥 넘겨짚은 것뿐이야, 하하하!"

건은 놀림을 당하자 얼굴을 붉히며 뒤통수를 긁어댔다. 건과 존은 요코가 건네준 파이를 먹으며 이런저런 이야기를 나누기 시작했다.

"미스터 레논, 아까 당신이 넘겨짚으신 것처럼 저는 음악인으로 성장하고 싶어요. 아직은 음악을 하고 있다고 말하기 어려운 수준이랍니다. 혹시 나에게 조언해 주실 것이 없을까요?"

존은 파이를 한입 베어 물고는 건을 보며 미소 지었다.

"그럼 이렇게 하지. 우리 서로에게 한가지씩 조언을 해보는 게 어떨까? 서로 주고받는 거야."

건이 민망하다는 듯 웃었다.

"제 주제에 미스터 레논에게 무슨 조언을 할 수 있겠어요?"

존이 검지를 세우고 흔들며 말했다.

"어오, 건 네가 조언을 바라는 분야는 음악이지? 넌 나에게 다른 분야를 조언해 주면 되는 거야, 그게 뭐가 됐든. 어때? 딜?"

건이 잠시 생각을 해보더니 알겠다는 듯 고개를 끄덕였다.

"네, 하지만 도움이 안 될 수도 있어요. 기대는 하지 마세요."

존이 빙글빙글 웃으며 말했다.

"좋아, 계약은 성립됐군. 자! 그럼…… 음악적 조언을 원한 다라…… 건, 넌 음악을 만들 때 어떤 생각을 하며 만들지? 좋은 음악을 만들겠다는 생각? 돈을 벌겠다는 생각? 어떤 생각을 하며 만들지?"

건이 깍지를 끼며 말했다.

"사실 아직 음악을 직접 만들어 본 적이 없어요, 미스터 레논. 하지만 만약 만들게 된다면 완성도 높고 수준 높은 음악을 만들고 싶지 않을까요? 희대의 명반이 될 수 있고 비평가들에게 오랫동안 인정받을 수 있는 그런 음악 말이에요."

존이 소파에서 일어나 창가로 걸어가 팔짱을 끼며 창밖을 바라보았다.

"틀렸어, 건."

건이 존의 말에 귀를 기울이는 것 같자 존이 다시 입을 열었다.

"요코는 일본인이지. 그래서 일본의 전국 시대 역사에 대해 많이 들을 수 있었어. 예전 일본에 말이야. 오다 노부나가라는 유명한 장수가 있었대. 그 아래에는 도요토미 히데요시가 있었고, 또 도쿠가와 이에야스도 있었지. 말한 순서대로 일본의 정권을 잡게 되고 말이야."

건이 알고 있다는 듯 고개를 끄덕이자 존이 말을 이었다.

"울지 않는 새라는 말 들어봤어? 오다 노부나가가 주체한 즉석 시를 짓는 모임이 있었는데 말이야. 어떠한 전제를 주고 돌아가며 생각을 시로 표현하는 것이었어. 그때 말이야, 만약 울지 않는 새가 있다면 어떻게 할 것이냐는 주제를 가지고 시를 나누었던 적이 있었대."

존이 손가락을 하나 펴며 말했다.

"가장 호전적인 기질을 가지고 혁신을 꾀한 오다 노부나가의 대답은 '울지 않는 새가 있다면 죽여라'였어. 그 다운 대답이었지. 실제로 가장 강력한 리더이기도 하지만 자신의 뜻을 위해 그 부하까지 냉정히 쳐낼 수 있는 이였으니까."

존이 두 번째 손가락을 펴며 말했다.

"도요토미 히데요시는 이렇게 말했지. '울지 않는 새가 있다면 울게 해주마' 역시 지략가다운 말이었어. 한국을 침공한 임진왜란을 일으킨 사람이니 건이 너도 잘 알겠지. 목적을 위해 수단과 방법을 가리지 않았던 사람이니까 말이야. 그만큼 장기집권을 하기도 했고."

존이 세 번째 손가락을 펴며 말했다.

"도쿠가와 이에야스는 이렇게 말했어. '울지 않는 새가 있다면 울 때까지 기다리겠다.' 이 역시 그의 인내심을 잘 알려주는 말이야. 힘을 드러내지 않고 자신을 숙이고 기다리고 기다려서 결국에는 정권을 잡는 이니까. 일본에서는 인내심의 대표적인 예로 도쿠가와 이에야스를 꼽는다더군."

존이 네 번째 손가락을 펴며 말했다.

"그럼 나는 어떤 대답을 할까 건?"

건이 잠시 고민하고는 모르겠다는 듯 고개를 저으며 존을 보았다.

존은 건이 답이 없자 창밖에서 시선을 거두고 건을 바라보며 말했다.

"내 대답은 '울지 않는 새가 있다면, 그 새가 따라 부를 때까지 노래를 해주겠다'야."

건이 알 듯 말 듯 한 표정을 짓자 존이 덧붙였다.

"듣는 이를 고려하지 않는 음악은 소수의 비평가의 잔칫상일 뿐이야. 음악은 원시시대의 타악기에 그 기원을 두지. 사냥을 끝내고 즐겁게 춤을 추기 위한 것이거나, 죽은 이를 추모하고 슬퍼하기 위해 존재하는 것이었어. 듣는 이의 감정을 고려하지 않고 만드는 음악은 쓰레기야."

건은 머릿속에서 수천 개의 벼락이 내리치는 것 같은 느낌을 받았다.

존이 말했다.

"혹시 내 곡 중 'Image'이란 곡의 가사를 알고 있어?"

건이 고개를 끄덕이며 그의 가사를 되짚어 보았다.

존이 머릿속으로 가사를 되뇌어 보고 있는 건을 보며 말을 이었다.

"사람들은 말하지, 내가 폴 메카트니 같은 보수주의자를 위해 노래에 설탕을 잔뜩 뿌려 오히려 내 사상이 담긴 가사를 흘려 버렸다고. 물론 폴이 내 곡을 칭찬했을 때 욱하는 마음에 그런 말을 하긴 했어.

하지만 말이야. 만약 그 곡의 멜로디가 대중에게 다가가기 어려운 난해하고 완성도만 높은 곡이었다면 어땠을까? 과연 많은 이들이 그 노래를 따라 부르고, 내 사상에 영향을 받을 수 있었을 거라고 생각해?"

건이 아니라는 의미로 고개를 저었다.

"아니겠죠, 음악에 있어 가사는 매우 중요하지만, 대중들이 첫인상으로 받아들이는 것은 멜로디니까요."

존이 손가락을 튕기며 말했다.

"그렇지, 그래서 대중에게 다가가기 쉬운 곡으로 사상을 담아내는 것이 중요한 것이고, 가사와 멜로디에 공감대가 형성될 수 있는 감정을 싣는 것이 중요한 거야. 나는 그런 음악을 만든다는 건. 이것이 내가 평생을 음악에 전념하며 찾아낸 나만의 답이야."

존이 건에게 다가오며 말했다.

"물론 실험도 했어. 내 곡 중 'Some Time In New York City'이란 곡이 있어. 내가 가진 사상과 대중들에게 하고 싶은 말이 가장 심도 있게 담겨 있는 곡이지만, 멜로디 라인이 난해해. 비평가들에게는 최고의 평가를 받았지. 하지만 아무도 그 곡을 기억해 주지 않더군. 그때 더 확실히 알았어."

존이 다시 건의 맞은편 소파에 앉으며 다리를 꼬았다.

"건, 나는 내 첫 밴드인 쿼리맨을 시작으로 비틀즈, 요코와의 앨범, 솔로 앨범에 이르기까지 수많은 시행착오를 거쳤고, 음악적인 절망을 느꼈어.

내 목숨과도 같았던 비틀즈에 환멸을 느낄 무렵 요코가 나타났고, 요코 때문에 비틀즈를 해체한 것이라는 오명까지 뒤집어쓰면서 비틀즈를 버렸지. 모두 내 음악적 절망에서 벗어나기 위한 발버둥이었어."

존이 파이를 집어 한입 베어 물었다.

"오늘따라 파이가 맛있군, 쩝쩝. 어쨌든 그래서 난 건 너는 적어도 나보다는 덜 방황했으면 좋겠다."

건은 눈을 감고 존이 한 말을 되새겼다. 마음속에 새기고, 새기고 화석처럼 남겨둬야 할 말로 여겨졌다.

존은 건이 무언가 느낀다는 생각에 건이 다시 눈을 뜰 때까지 조용히 기다려주었다. 마침내 약간 밝아진 표정으로 눈을 뜬 건을 보자 존이 짙게 웃으며 말했다.

"무언가 느낀 것이 있나 보군. 어린 친구가 이해력이 좋아. 자, 그럼 이제 건 네 차례야. 나에게 해줄 어떤 조언이 있는지 들어볼까?"

건은 밝은 표정으로 말했다.

"미스터 레논, 정말 제게 도움이 되는 말씀이셨어요. 평생 간직하고 떠올리며 살게요. 당신은 제게 음악적으로 가장 영향력을 준 사람으로 남게 될 거예요."

존이 웃으며 손을 휘휘 저었다.

"이거 영광이군, 하하. 그래 딴소리하지 말라고. 난 분명 너에게 조언이란 빚을 지웠어. 이번엔 건 네가 내게 갚을 차례야."

건은 존의 말을 듣고 한참을 끙끙대며 고민했다. 존은 그런 건을 끈기 있게 기다리며 웃음 지었다.

잠시 후 건이 문득 생각난 듯 물었다.

"미스터 레논. 아까 'Some Time In New York City'라는 곡을 발표했었다고 하셨죠? 그럼…… 올해가 무슨 연도에요?"

존이 갸우뚱하며 말했다.

"올해? 건 너는 몇 년도인지도 모르고 살아? 재미있군. 나보다 더 기행을 하는 인간이 있다니 말이야. 그래 올해는 1980년이야."

건이 화들짝 놀라며 말했다.

"예? 1980년이요? 1980년이라면 분명…… 미스터 레논! 오늘이 며칠인가요?"

존이 그런 건을 이상한 눈으로 보다 달력으로 눈을 돌리며 말했다.

"가만있어 보자…… 그래 12월 8일이군, 왜 그래?"

건의 얼굴이 굳어졌다.

"미스터 레논…… 이틀 뒤, 이틀 뒤 절대로 밖에 나가시면 안 돼요, 아셨죠?"

존이 무슨 소리냐는 듯 건을 보았다.

"무슨 소리야? 왜? 가만있어 봐, 그게 조언이야? 왜? 건 넌 미래라도 보는 건가? 그날이 왜? 전쟁이라도 터져서 뉴욕에 미사일이라도 떨어지나?"

건이 다급하게 말했다.

"그런 게 아니에요! 믿지 않으셔도 좋아요, 미스터 레논. 다만 이틀 뒤 외출을 하게 되실 때 제가 한 말을 반드시 떠올려 주세요."

존은 못 말리겠다는 듯 고개를 저었다.

"알았어, 알았어. 뭔진 모르겠지만, 기억은 해두지. 왠지 모르게 자네한테 한 방 먹은 것 같긴 하지만 하하. 자 이제 우리 손을 재워야 하니 우리 모임은 이쯤 해둘까?"

건은 안타까운 눈으로 존을 보며 천천히 현관문으로 걸어 나갔다.

"미스터 레논, 제 말 꼭 기억하셔야 합니다."

존은 이틀 뒤 요코와 함께 녹음을 끝내고 집으로 돌아오다 차에서 내리는 도중, 정신병자인 마크 데이비드 채프먼에게 네 발의 총을 맞고 사망한다.

To Be Continued

흙수저 판타지 장편소설

회귀자
사용설명서

어느 날, 이세계로 소환되었다.

짐승들이 쏟아지고, 믿을 수 없는 위기가 닥쳐오나.
가지고있는 재능은 밑바닥.

[플레이어의 재능수치는 최하입니다.]
[거의 모든 수치가 절망적입니다.]

선택받은 용사든, 재능 있는 마법사든,
시간을 역행한 회귀자든.
모든 것을 이용해야 한다.

살아남기 위해.

"쓰레기면 뭐 어떻습니까. 살아남기 위해서
뭔 짓인들 못 하겠어요?"